회귀자 사용설명서

WISHBOOKS FANTASY STORY

회귀자 사용설명서 19

흙수저 판타지 장편소설

초판 1쇄 찍은 날 | 2019년 8월 22일
초판 1쇄 펴낸 날 | 2019년 8월 29일

지은이 | 흙수저
펴낸이 | 예경원

기획 | 위시북스
편집책임 | 이규재
편집 | 위시북스

펴낸곳 | 예원북스
등록번호 | 제396-2012-000132호
등록일자 | 2012. 7. 25
KFN | 제1-459호

주소 | 경기도 고양시 일산동구 호수로 646-24 위너스21II빌딩 206A호 (우)10401
전화 | 031-819-9431 팩스 | 031-817-9432
E-mail | yewonbooks@naver.com

ISBN 979-11-365-0067-0 04810
979-11-6098-877-2 (set)

※ 이 도서의 국립중앙도서관 출판시도서목록(CIP)은 서지정보유통지원시스템 홈페이지(http://seoji.go.kr)와 국가자료공동목록시스템(http://www.nl.go.kr/kolisnet)에서 이용하실 수 있습니다.

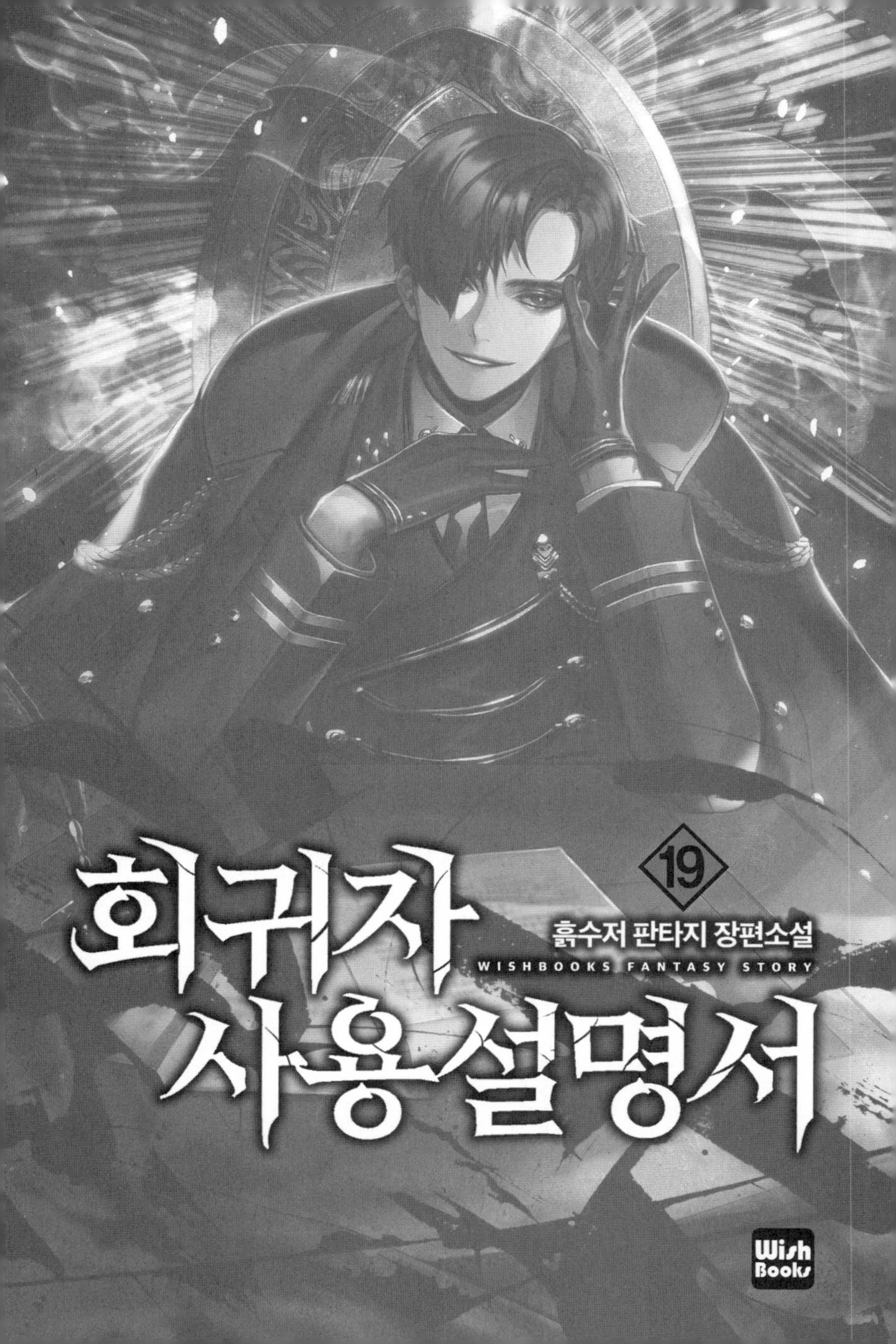
19
회귀자 사용설명서
흙수저 판타지 장편소설
WISHBOOKS FANTASY STORY
Wish Books

회귀자
사용설명서

CONTENTS

118장
위쪽에서 생긴 문제(2)

“그게 뭐 어때서?”

[아무리 너 같은 쓰레, 아니, 사람이라도 그런 이야기를 듣게 해서는 안 됐는데…….]

‘도대체 뭐라는 거야. 아무렇지도 않은데.’

솔직히 아무렇지도 않다. 지구에서도 뭔가 일이 있었고 지구를 관리하는 이들이 우리를 떠넘겼다는 사실 자체는 이해할 수 있었지만, 그걸 슬퍼하고 딱한 일이라고 생각하는 건 내 관점에서는 조금 이해하기 힘들었다.

막말로 체감이 오지 않는다. 부모한테 버림받았다고 한다면 눈물깨나 흘릴 만하겠지만 부모님도 아니고 지구한테 버림받았단다. 스케일이 너무 커 어디서부터 슬퍼해야 할지 액션을 잡기가 힘들다는 거다.

'신은 신인 모양이네.'

인간과 생각하는 관점 자체가 다르다고 생각했다.

처음 발광을 떨었을 때와 분위기를 비교해 보면 매우 조용해진 느낌.

내 질문에 진지한 대답을 하는 것을 보니 눈앞에 있는 여신상이 조금 달라 보이기 시작했다.

그렇게 조용히 생각에 빠져 있을 때 다시 한번 베니고어의 목소리가 들려왔다.

[네가 아무렇지도 않다고 생각한다면 다행이지만……. 아무튼 그렇게 됐어. 우, 우리 입장에서는 조금 슬픈 이야기거든.]

"난민이라도 받아준 거라고 보면 되는 거네. 음…… 고마워하면 되는 거지?"

[그럴 필요까지는 없고. 우리로서도 어쩔 수 없는 선택이었으니까.]

"음……. 그럼 네 말은 지금 지구에 뭔가 문제가 생겼다는 건가?"

[그곳은 항상 문제가 있었어. 이곳도 마찬가지지만……. 뭔가 평소와 다른 문제가 생겼다고 묻는 거라면 정답. 하지만 자세한 상황은 이야기해 줄 수 없어. 애초에 그곳은 내 관할도 아니니까. 게다가 그곳은 자신들을 감추고 하고 싶어 하거든…….]

"흠……."

[음……. 잠깐만. 네 여동생을 걱정하는 거라면 안심해도 돼. 오히려…….]

율하야 남극에 혼자 떨어뜨려 놔도 살아남을 성격이니 크게 걱정되지는 않는다.

"아니. 율하 이야기는 됐어."

[그럼 질문은 여기에서 끝이야?]

"하나 더 있는데."

[뭔데?]

"김현성. 이것도 보안이야?"

[일부는 보안. 내가 모르는 부분도 있고. 하지만 이야기해 줄 수 있는 부분은 있어. 정확히 뭐가 궁금한 거야? 1회 차?]

"김현성이 회귀한 이유. 그리고 김현성을 회귀시킨 알타누스라는 건 도대체 뭔지."

사실상 메인이라고 하기에 부족함이 없다. 가장 궁금했던 이야기니까.

다시 조용해진 것을 보니 이것 역시 말하기 모호한 부분이 있는 모양이다.

천천히 여신상의 어깨를 툭툭 두드리자 한참이 지나서야 목소리가 들려왔다.

[회귀한 이유는 알타누스가 그걸 원했기 때문.]

"……."

[알타누스는 우리와 같은 신이자 관리자야. 그리고 김현성의 담당자이기도 했고.]

"예상대로네. 알타누스는 어디에 있지? 내가 만날 수 있는 건가?"

[아니. 불가능해.]

"왜?"

[알타누스는 이제 없거든.]

"아……."

[그녀는 죽었어. 아니, 소멸했다는 표현이 조금 더 어울리겠네. 시간을 되돌린 대가를 치른 거지. 하지만 그 의지는 우리가 이어받고 있어.]

'역시 그런가.'

조금만 생각해 보면 당연한 이야기다. 강제 퀘스트를 돌리고 직업을 내리는 것 또한 신성이 든다. 만약 회귀 같은 비상식적이고 말도 안 되는 기적을 실행한다고 했을 때 얼마큼의 신성이 들지는 가히 상상도 할 수 없으리라. 단순히 하늘 아래에 영향을 끼친 것이 아니라 시간 자체를 완전히 되돌려 버린 거니까.

아마 알타누스는 베니고어보다 상위 신일 가능성이 크다. 일반적인 경우라면 그런 일이 가능할 리가 없다. 여신상 안에 자신의 일부를 숨기고 있는 베니고어가 시간을 되돌릴 수 있을 거라고는 상상이 되지 않았다.

'쯧.'

[알타누스는 그 남자를 사랑했어. 그리고…… 그의 삶에 공감하기도 했고. 수많은 고민 끝에 자신을 희생해서 다시 한번 이 모든 걸 되돌리겠다고 생각한 거야. 물론 그때의 나는 그녀를 말렸던 것 같지만…… 나는 그녀를 존중해. 그런 선택을 할 수 있는 신은 아마 없을 거야. 그 감정은 우리 사이에서 통용되는 가치거든.]

"1회 차가 어땠는지는 이야기해 줄 수 있어?"

[이미 대충 알고 있잖아. 카스가노 유노라는 특별한 인간을 통해서. 나도 자세히는 몰라.]

"너희도 1회 차를 기억하지 못하는 건가."

[맞기도 하고 아니기도 해. 모든 걸 기억하지는 못하지만 알타누스의 의지는 기억하고 있지.]

"나는 그 알타누스의 의지가 뭔지도 개뿔 몰라, 이 양반아. 내가 받아들일 수 있는 이야기가 아니라고. 카스가노 유노도 볼 수 있는 검은색 세계를 너희가 보지 못한다고?"

[인간의 가능성을 우습게 보지 마. 그녀는 특별해. 정하얀이라는 인간과 차희라라는 인간도 마찬가지고. 인간의 가능성은 무궁무진해. 당장 너만 해도 그 마음의 눈이라는 건…… 아

니, 아니다. 물론 우리 중에서도 네가 말하는 검은색 세계를 볼 수 있는 이들은 존재하지만 그것 역시 제한이 존재해. 네가 생각하는 것보다 차원을 관리하는 건 훨씬 복잡하고 어려워. 만약 우리가 정말 모든 걸 해결할 수 있었다면 알타누스가 김현성을 회귀시키는 일도 없었을 거야.]

"인간의 가능성?"

[그래. 가능성. 알타누스도 그걸 본 거겠지.]

"너희도 완벽하지는 않구나."

[맞아. 완벽하지 않지. 그걸 잘 기억해. 나의 자랑스러운 이기영 명예추기경. 우리도 완벽하지 않아. 불완전하지. 대륙 위에 있는 이들과 서 있는 위치가 다를 뿐, 우리도 별반 다르지 않아. 너는 그걸 잘 기억해야 해. 우리도 완벽하지 않다는 걸.]

"그렇게 강조할 필요는 없는데. 그건 너만 봐도 알 것 같고. 그보다 질문 하나를 애매하게 피해간 것 같은데. 베니고어 여신님, 내가 궁금한 건 김현성이 회귀한 이유야. 알타누스의 의지라는 대답이 듣고 싶은 것이 아니라. 정확히 어떤 위협이 있었고 무엇 때문에 회귀했는지야. 까놓고 말하면 실패한 원인을 묻는 거야."

[그건 보안에 걸려 있지 않아. 하지만 이야기해 줄 수 없어. 카스가노 유노, 혹은 김현성을 통해 듣거나 보는 게 좋을 거야. 한 가지 이야기할 수 있는 건 네 생각이 맞다는 거야.]

"뭐?"

[위협은 존재해. 김현성이 대비하고 있는 건 그 위협이야. 그리고 이, 인정하기는 싫지만 너, 너는 지금까지…… 자, 잘해주고 있고…….]

"으음. 역시 그랬네. 칭찬은 고맙게 받을게. 그런데 생각보다 별로 들은 게 없는 것 같은 기분인데……."

[어, 어쩔 수 없어. 정말로 어쩔 수 없다고……. 나라고 말해주기 싫은 줄 알아? 나도 좀 편해지고 싶다고!]

"아, 하나만 더 물어볼게."

[끄으윽. 끄으으윽. 궁금한 게 많네. 이제 나도…….]

"그게 당연한 거지. 영문도 모르고 끌려와서 영문도 모르는 일에 휘말렸는데 너 같으면 안 그러겠어? 아무튼 질문한다. 우리는…… 음…… 지구로 되돌아갈 수 있는 건가?"

[되돌아가고 싶어?]

"아니, 별로. 그냥 궁금해서 묻는 거야."

[불가. 너희는 이제 이곳의 주민이야. 다른 곳으로는 갈 수 없어.]

"막상 대놓고 들으니까 조금 섭섭하긴 하네."

물론 딱 그 정도다. 애착이 없냐고 하면 거짓말. 하지만 이미 일이 벌어진 거 뭐 어쩌겠는가.

대놓고 지구로 되돌려 달라고 생떼를 쓸 수도 없다. 전부 다

믿을 수는 없지만 지구는 우리를 내쳤고 베니고어를 비롯한 이들이 우리를 받아준 것 같으니까.

슬쩍 여신상을 올려다보니 아직까지도 피눈물을 흘리고 있는 베니고어의 모습이 시야에 비친다.

[이, 이건 어쩔 수 없는 거야. 징조 같은 거라……. 나도 누, 눈물은 그쳤다고.]

“무슨 징조? 대륙의 기반이 무너지고 있다는 징조?”

[……비슷해.]

‘슈바.’

“아무튼 신성을 회복하면 모든 게 정상으로 되돌아온다는 거지?”

[기본적으로는 맞아. 아, 아무튼 이번에는 내가 하고 싶은 말을…….]

“아, 말해봐. 뭔지는 모르겠지만…… 많이 심각해?”

[조금 심각한 이야기야.]

‘도대체 뭐야.’

뭔가 걱정하는 듯한 말투. 하지만 이후의 목소리는 시간이 얼마 지나지 않아 들려오기 시작했다.

[호, 혹시 말이야. ‘알 수 없는 이유로 퀘스트 생성이 중지됩니다’라는 거…… 들은 적 없어?]

“뭐? 들어본 것 같은데…….”

[그, 그거에 관련된 이야기야.]

"네가 이 모양이니 당연히 생성이 중지되는 거 아니야? 그건…… 아니…… 시발……."

[미, 미안해. 나의…….]

"지랄하지 마. 시발."

순간적으로 입술을 꽉 깨문 것은 당연지사. 어처구니가 없어 실소가 튀어나올 정도였다.

조금만 생각해 보면 추론 가능한 이야기다. 신성이 없어서 퀘스트를 내릴 수가 없단다.

여기까지는 이해할 수 있다. 어차피 대충은 예상했던 이야기였으니까.

문제는 현재 저 상태를 겪고 있는 게 베니고어뿐만이 아니라는 것. 다른 이의 경우에는 재보다는 상황이 좋기야 하겠지만 그래 봤자 거기서 거기다. 모두 다 가라앉고 있는 배에 탑승한 한 가족이라는 거다.

불안감에 입술을 깨물었을 때 다시 한번 베니고어의 목소리가 들려왔다.

[일단 직업이나 튜토리얼 던전 같은 최소한의 시스템은 유지되겠지만…… 전설 등급의 던전과 일부 영웅 등급의 던전도…… 막힐 거야. 그, 그리고 잠들어 있던 레이드 몬스터들도 전부 보, 봉인될 거고…….]

"그건 왜 막아? 그건 왜 막냐고……."

[일부 던전은 위험하니까. 박물관 같은 경우를 생각해 봐. 그, 그러니까 그런 종류의 던전들은…… 너희 말로는 모니터링하는 신들이 꼭 필요해. 우리가 던전화시켜 놓은 곳도 존재하지만 그렇지 않고 자연적으로, 혹은 균열 때문에 생긴 곳도 많거든. 들어간 인간도 위험해질뿐더러 만약 공략에 실패하거나 문제가 생긴다면 수습이 불가능해지니까. 우리도 막긴 싫지만 이건 해야 하는 일이라……]

'시발…….'

문제가 조금 더 심각해졌다. 현재 상황을 보자면 더욱더 그렇다. 인류가 하나로 힘을 모은 것은 아주아주 박수를 치고 싶은 이야기.

하지만 그게 끝이라면 최악으로 치닫는 것은 마찬가지다.

얘들은 치고받으면서 강해진다. 그건 부정할 여지가 없다. 1회 차에 인간 전력이 그나마 강해질 수 있었던 것도 서로 치고받는 시간이 있었기 때문이다.

서로를 깎아냈던 그 시절에 멍청함을 칭찬하는 것이 아니다. 그 갈등으로 인해 발전할 수 있었다는 걸 이야기하는 거다.

김현성이 대비하고 있던 위협이 실존한단다. 예상하고 있지만 베니고어에게 이걸 막 들은 타이밍이다.

'던전을 막아 놓을 수밖에 없다고?'

성장하는 길이 막히는 거나 다름이 없다. 특히나 특수 인력이라고 할 수 있는 이들이 들락거리는 영웅 등급과 전설 등급의 던전. 이딴 걸 막아 놓았을 때의 혼란은 이루 다 말할 수 없을 터.

심지어 레이드 몬스터까지 막아놓는다면 사태는 더욱더 심각해진다. 몬스터 사체로 생산하는 모든 가공 공장이 문을 닫을 거고 남아도는 인력은 길거리를 돌아다니게 될 것이다.

무력뿐만이 아니라 경제에도 커다란 타격을 받는다 봐도 무방하다는 거다.

던전이 있기 때문에 보급품이 팔린다. 던전에 들어가는 사람이 있기 때문에 돈을 버는 이들이 생기고 쓰는 이들이 생긴다. 이미 자리 잡은 이 시스템은 이미 너무 깊숙한 곳에 들어와 자리 잡아버렸다.

조금 과장한 비유지만 현대 사회에 석유가 없어진 거나 다름이 없는 상황이라는 거다.

'완전 개털 되겠는데 이거…….'

물론 메이드 바이 이기영 포션의 판매량 또한 바닥을 칠 것이다.

'기영코인 떡락.'

"제기랄……."

'기영코인 떡락!!'

"제길."

'거울 호수 가즈아!!!'

과장된 반응이기는 하지만 상상하기도 싫은 상황이 자꾸만 연상된 것은 당연지사.

혼란스러운 내 마음을 아는지 모르는지 다시 한번 이쪽의 속을 긁는 베니고어에게 소리를 지를 수밖에 없었다.

[그, 그리고…… 당분간 전 대륙에 퀘스트 생성이 중지될 거야. 어, 언제 재개될지는 잘 몰라…….]

"……."

[…….]

"야 이 미친 트롤러년아!!!!!"

진심을 담은 목소리였다. 일순간 찾아온 정적. 베니고어의 목소리가 들려온 것은 한참이 지난 후였다.

하이톤의 목소리로 응수할 거라고 생각했지만 오히려 그 반대. 개미도 듣지 못할 정도로 작은 목소리로 중얼거리는 모습은 이상할 정도로 치졸하게 느껴졌다.

[…….]

"……."

[이게 다 누구 때문인데…….]

"뭐?"

[나라고 이렇게 되고 싶어서 이렇게 된 게…….]

"뭐라고?"

[아, 아무것도 아니야.]

"……."

솔직히 나도 할 말이 없기는 했다. 무능한 베니고어가 파산한 이유에는 분명히 나와 관련된 신성이 개미 좁쌀 정도의 영향을 미쳤을 테니까.

물론 개미 좁쌀도 크게 잡은 거다. 조심스레 판단하건대 미세먼지 정도로 작은 영향을 끼쳤다 봐도 무리가 없으리라.

'아니, 아니. 사실 그것도 아니지. 나 같은 경우에는 행동에 대한 정당한 보상을 받은 거고…… 그거랑 이거랑은 완전히 다르지.'

백번 양보해 내가 그녀의 파산에 크게 보탰다고 한들…….

'이건 아니지 않나?'

그 말 그대로. 이건 너무 스케일이 크다고밖에 생각할 수가 없다. 한순간에 대륙의 질서가 무너지게 생겼다.

아마 베니고어가 방금 지껄인 이야기는 아주 일부일 터. 만약 정말로 사건이 터진다면 퀘스트와 던전이 제대로 된 기능을 하지 못한다는 것 외에도 무수히 많은 부작용을 떠안게 될 것이다.

대륙을 관리하던 관리자들이 일순간 손을 놓아버린 것이나 다름없는 상황. 아니, 다름없는 게 아니라 아예 놓아버렸다는 표현이 맞다.

나침반이 없는 여행자요, 조타수가 없어진 커다란 배라는 거다. 점점 더 열불이 나기 시작하는 것도 이상한 상황이 아니다.

내 마음을 아는지 모르는지 베니고어는 계속해서 변명 아닌 변명을 하며 중얼거리는 중. 해답 없는 상황에 저도 모르게 한숨이 튀어나올 정도였다.

"후우……."

[…….]

"……."

[미, 미안…….]

"……."

[미, 미안해……. 나의 자랑스러운 명예추기경. 내가 이기영 명예추기경을 얼마나 아끼는지 알고 있지? 이, 이건 이기영 명예추기경 탓이 아니니까 너무 신경 쓰지 않아도 돼. 방금 내가 한 말은 잊어. 그렇게 해줄 수 있지?]

"참나……. 그 정도는 나도 알아. 내가 뭘 잘못한 게 있기는 했어? 전부 네가 저질러 놓은 똥이지. 진짜 웃긴다, 너도. 그렇게 아래쪽에서 신성을 퍼줘도 겨우 그 정도밖에 못 해? 무능력한 것도 정도가 있지……. 솔직히 나는 그쪽 관계자가 아니라 뭐라고 말할 수 있는 상황은 아니지만 어느 정도는 반성해야 한다고 봐. 네가 인간인 나한테 욕먹는 게 기분 나쁘겠지만 이건 진짜 너를 모시는 신도로서 하는 충언이야. 충언."

[끄으으으으윽.]

"아니면 어디로 빼돌리기라도 했어?"

[끄읍끄읍읍.]

뭐라고 계속해서 쏘아붙이고 싶은 마음은 굴뚝같다. 하지만 그게 생산적이지 않은 행동이라는 건 표현할 필요도 없을 것이다.

지금 당장 중요한 건 원인이 아니라 이 사태를 어떻게 해결할지에 대한 것. 오늘 이곳에 와서 내가 들었던 말이 모두 사실이라면…….

'또 다른 위협이라고 봐도 돼.'

순식간에 해결할 수 있는 문제는 아니다. 단순히 레이드 보스가 나타나 때려잡을 수 있는 문제였다면 오히려 더 심플하게 접근할 수 있었으리라.

이건 그것보다 조금 더 복잡한 문제. 사회적인 문제였고 여러 가지 이해관계가 얽혀 있는 문제였다.

"생각해 둔 해결책은 있나?"

[아니, 그런 건……. 너무 갑작스럽게 일이 터져서 우리도 어떻게 손 쓸 방도가 없었어. 거품이 터지는 것처럼 순식간에…….]

'제길…….'

[아, 아무튼 그렇게 됐어. 그래도 기본적인 시스템은 돌아가

게 될 거야. 조금 불안정할 수도 있겠지만…….]

"불안정하다고? 정확히 어디가 불안정하다는 건데?"

[그, 그것도 아직 확실하게는 몰라.]

'이게 말이야, 방구야.'

딱 그 말이 맞다.

"그래서…… 갑자기 나한테 이런 걸 이야기한 이유는 뭐야. 싼 똥이라도 치워달라고?"

[……반은 맞아. 네, 네가 어떻게 할 수 있는 영역은 아니지만 최소한 대륙에 일어날 혼란을 잡아줬으면 좋겠어서…….]

"나보고 대륙을 운영해 보라는 거야?"

[그건 아니야. 그건 가능한 일이 아니니까. 내 말은 그 말 그대로야. 너, 너무 갑자기 많은 게 바뀌면 대륙에서 살아가는 아들딸들이 굉장히 혼란스러워하잖아. 그걸 조금…… 수습해 주면 좋을 것 같아서……. 우리 이기영 명예추기경은 그런 거 잘하잖아.]

"그러니까 지금 네 말이 네가 싼 똥 치워달라는 말이잖아. 혼란스럽지 않게 한다고 해서 끝날 문제는 아니지. 지금 네가 말한 시스템이 마비되는 순간 어느 정도의 파급이 오게 될지에 대해서는 알고 있는 거지? 사회적으로 큰 혼란이 오는 건 당연하고 몇몇 나라 같은 경우에는 너희처럼 파산하게 될 거야. 일반 국민들이 거리로 내몰리는 거야. 굳이 말 안 해도 당연히 알 수 있는 거고. 그것뿐만이 아니지. 일시적이지만 레벨업을 할 수단을 잃어버린다는 것도 걱정해야 될 사안이고. 지금이 얼마나 중요한 시기인 줄은 알아? 이런 건 수습한다고 해서 수습되는 게 아니야. 그냥 버티는 게 되는 거지.”

[…….]

“정확히 언제 되돌아오는 건데.”

[빠르면 3년……. 사실 자세히는 잘 몰라. 지금 같은 속도로 빚을 갚을 수 있으면 기간은 앞당길 수 있을 것 같아. 물론 영웅 던전과 전설 등급의 던전은 그보다 더 빠르게 열릴 수 있어.]

‘진짜 큰일 났는데 이거…….’

아무렇지도 않게 설명하고 있는 모습에는 괜스레 침을 삼킬 수밖에 없었다.

빨라도 3년이란다. 베니고어가 이쪽의 통수를 건드리는 스토리가 가장 최악의 스토리라 생각했건만, 이 역시 최악이기는 마찬가지. 전자나 후자나 우열을 가리기가 힘들 정도였다.

복잡해진 머리를 조용히 쥐어뜯으며 입을 열자 다시 한번 목소리가 들려온다.

“또 다른 할 말 있어? 뭐 전해야 할 말이나. 내가 알아야 할 거.”

[아니……. 그게 전부야.]

“…….”

[면목 없어…….]

"네가 나한테 면목 없을 게 아니지. 자기 스스로에게 면목 없어야지. 아무튼 됐다. 나는 따로 생각 좀 해볼래."

[뭘? 뭘? 뭘? 따로 생각해?]

"말 그대로야. 따로 생각해 본다고."

[호, 혹시 뭐 딴 마음 먹는 건 아니지?]

"무슨 딴 마음?"

[그…… 그거……. 타락한 신 베니고어랑 뒤통수 계획 같은 거…….]

"그런 건 아니라니까. 그거 안 할 거야. 이번 일에 대해서라고. 일을 해결하는 건 내가 알아서 할 테니까 신경도 꺼. 네 이름도 적당히 팔 거니까. 그것도 알아두고."

[아, 그래? 당연히 그래야지. 명예추기경의 말이라면 그, 그렇게 해야지! 그런데…… 정말로 다른 마음 먹은 건 아니지? 명예추기경? 내, 내가 얼마나 아끼는지 잘 알고 있지? 괜, 괜한 이상한 짓은 안 하는 게…… 우리는 한 팀이잖아. 그렇지?]

"안 한다니까. 뭘 불안해하고 그래. 나 그렇게 막 남의 뒤통수 치고 다니고 그러는 사람 아니야. 너희랑 척질 생각도 없고. 그냥 따로 생각할 시간이 필요해서 그래. 너 같으면 골 안 아프겠어?"

[그, 그렇다면 다행이지만 그래도…….]

"아무튼 난 간다. 바깥에 있는 사람들도 너무 오래 기다린 것 같았으니까. 네가 울고 있는 이유에 대해서는 적당히 둘러댈 거야.”

[응.]

“그리고 보상도 준비해 놔. 빠방한 놈으로. 이번 일 제대로 해결하면 바로 받으러 갈 거야.”

[…….]

대답을 듣지 않은 채 살포시 손을 떼자 시끄러운 목소리가 곧바로 사라졌다.

여신상을 올려다보니 아직도 피눈물이 흐르는 중. 혹시나 싶어 다시 한번 몸을 대봤지만 목소리는 들려오지 않았다. 그녀 역시 이곳에서의 볼일이 끝난 것이다.

조금 멀찍이 떨어져 여신상을 바라보자 더욱더 황당하게 느껴진 것은 당연. 여러 가지 대화를 나눈 것도, 너무 의외의 결과가 기다리고 있었던 것도 전부 신기하게 느껴졌다.

‘너무 예상외인데…….’

당연히 문제가 생겼을 거라고 생각하고는 있었지만 이 정도의 대형 사고라고는 예상하지 못했다.

어처구니가 없어 실소가 나온다. 어디서부터 해결할지 감도 잡히지 않는다.

물론 정말로 아무 생각이 없는 것은 아니다. 아주 간단하게 이 문제를 축소시켜 봤을 때 이 건에 대한 원초적인 해결 방법은 존재한다.

첫 번째는.

'신앙심을 높이는 것.'

최대한 빨리 베니고어를 비롯한 이들이 자신의 자리를 되찾을 수 있도록 하는 게 맞다.

그동안 쌓아왔던 이미지 덕분에 마침 대륙에는 신에 대한 믿음이 공고히 자리 잡고 있는 상태. 신성을 쓸어 모아 베니고어에게 몰아 준 뒤, 불안정한 대륙을 원래의 상태로 되돌리는 게 가장 중요하리라.

최소한 2년, 아니, 1년 안에는 대륙에 있는 모든 신을 기사회생시켜야 한다. 신들을 조금 더 빠르게 사회생활로 불러들일 수 있는 인생 재활, 아니, 신생 재활 컨설턴트가 되는 것이다.

두 번째는…….

'문제에 대한 대체자원을 마련하는 것.'

전자는 어거지로 시기를 앞당길 수 있겠지만 사실은 이 부분이 가장 쉽지 않다. 퀘스트와 던전의 대체자원이 있다고 생각하는 것 자체가 무리수.

말하자면 일자리를 창출하라는 거나 진배없다. 성장하는 것은 물론 보상을 얻고, 심지어는 골드도 모을 수 있는 공간. 길거리를 배회할 이방인들의 일자리.

만약 이걸 해결하지 못한다면 문제는 더 심각해진다. 할 일

없어진 고위 레벨의 이방인들이 입에 풀칠이라도 하기 위해 희귀 등급 던전과 일반 등급 던전으로 들어가는 일도 많아질 거고, 자연스럽게 한창 성장해야 할 초보자들도 성장에 발이 묶이게 될 것이다. 자리싸움 같은 것 또한 빈번하게 일어나게 될지도 모른다.

최악의 상황을 가정해 본다면 베니고어가 똥을 싸놓은 이 3년간.

'인류의 성장이 완전히 정체될 수도 있어.'

그 말 그대로, 제자리걸음은커녕 퇴보할 가능성도 존재한다. 물론 내 알 바가 아니라고 생각하며 덩실덩실 춤을 출 수도 있겠지만.

'어떻게 그럴 수 있겠어.'

그런 말도 안 되는 행동을 할 수 있을 리가 없다.

아무튼 간에 여러모로 진퇴양난에 빠진 상황. 아무리 생각해도 딱히 해결책이 생각나지 않는다는 게 문제였다.

툭 하고 던진 말이 괜스레 가슴에 콕 하고 박혀왔던 것은 바로 그때.

"던전을 만들 수도 없고, 시발."

'…….'

"나 이미 가지고 있잖아."

그동안에 바쁜 일정 때문에 신경 쓰지 못하고 있었던 게 머릿속에 떠오르기 시작했다.

황급히 마음의 눈을 발동시키자 눈에 보이는 것은 한쪽 구석에 묵혀두고 있었던 칭호.

[균열 박물관 4등급 관리자]

생각해 볼 만한 가치는 있다고 생각했다.

'이것도 막아놓은 거 아닌가?'

한번 확인을 해봐야 할 사안이지만 균열 박물관은 그대로 작동할 가능성이 크다.

여긴 신들의 관할이 아니라 내 관할이었으니까.

애초에 균열 박물관은 무등급 판정을 받은 던전이기도 했고 실제로도 개장을 앞두기도 했었다.

클로즈 베타 서비스는 종종 시행하고 있었지만 시간이 없어 오픈 베타를 하지 않았던 곳이다. 아직 사업계획서의 잉크가 채 마르지도 않았다.

전설 등급과 영웅 등급의 이방인을 수용할 수 있냐고 묻는다면 충분히 고개를 끄덕일 만하다. 아직까지 남아 있는 몬스터의 숫자도 제법 있었고 막스가 제작한 키메라들도 많다.

던전 입장이 완전히 불가능해진 지금, 균열 박물관의 가치는 이루 말할 수도 없을 정도.

'거기서 포션도 팔면 되니까. 아니, 팔 게 포션밖에 없겠어?'

포션 사업이랑 외식 사업, 숙박 사업도…… 조금 더 발전하면 기념품 사업이나 카지노 사업 같은 것도 할 수 있을지도 모른다.

골드는 원래 돌고 도는 거다. 다른 건 몰라도 경제 하나는 확실하게 돌릴 수 있을 것 같은 느낌.

"균열 랜드……."

정체된 대륙의 경제에 활력을 불어넣을 마법의 장소.

그럴듯한 해결책에 입꼬리를 들어 올릴 수밖에 없었다.

119장
승자와 패자

디테일한 부분을 수정하긴 해야겠지만 기본적인 틀 정도는 안고 가도 상관없다.

고민해 볼 부분이 존재하지만 대략적인 기틀은 잡은 상태.

이지혜와 사랑스러운 내 아들, 박물관 관리인 막스가 마지막으로 점검을 했던 게 몇 달 전이었으니 베니고어의 멍청한 짓거리가 대륙에 영향을 주기 전에는 충분히 오픈 준비를 할 수 있을 것이다.

기쁜 마음으로 발걸음을 옮겨 천천히 문을 열자 불안한 얼굴로 서성이던 이들의 시선이 한순간에 집중되는 게 느껴졌다.

가장 처음에 들어온 얼굴은 역시나 바젤 교황. 제이나 대주교와 헬레나 이단 심문관도 함께 있었는데, 그 둘을 제치고 헐

레벌떡 뛰어들어와 내 손을 잡는 모습은 저도 모르게 뒷걸음질을 치게 만들 정도였다.

물론 지금은 기분이 좋으니 어느 정도는 받아줄 수 있다.

"명예추기경! 어떻게. 베니고어 여신님의 목소리는…… 들었는가?"

'네, 들었습니다. 그 멍청한 년이 아주 여기 전부 다 말아먹으려고 작정했습니다. 베니고어를 믿지 마세요, 교황님.'

이리 말하고 싶었지만 그렇게 할 수 있을 리 만무. 일반적인 이야기를 꺼내도 상관없으리라.

"네. 확실히 들었습니다. 실은 잘 기억이 나지 않습니다만…… 어렴풋이 그분과 교감했던 기억이 납니다."

"그게 참인가?"

"네. 사실 저로서도 이런 방식으로 신탁을 받게 된 것은 처음인지라……. 오래 기다리게 해서 죄송합니다. 바젤 교황님."

"아니, 아닐세. 여신님과 함께한 시간이 아닌가. 그보다 뭐라…… 뭐라고 하시던가? 건강하시던가?"

"사실……."

"안 좋은 소식인가 보군."

"네. 좋은 소식은 아닙니다."

"허허……. 여신님께 무슨 일이 생겼다, 이 말인가?"

"하지만…… 걱정하실 정도는 아니기도 합니다. 여신님은 아직 무사하십니다. 하지만 이걸 시작으로 대륙 곳곳에 이상 현상이 생길 수 있음에 대한 경고를 해주셨습니다."

"그게…… 무슨 소린가."

"베니고어 님을 비롯한 대륙의 신들께서 현재 무척 약해진 상태라고 들었습니다. 바젤 교황님이라면 이미 알고 계시겠지만, 그 이유는…… 대륙 곳곳에 뿌리내린 악마의 세력이 대륙의 정기를 해치고 있기 때문입니다. 아직, 아직까지 사라지지 않은 악마의 하수인들은 대륙 곳곳에 자리를 잡고 신성한 땅을 위협하고 있습니다."

"이…… 이…… 쳐 죽일 놈들……."

부들부들 떨며 경련을 일으키는 바젤 교황을 보니 어느 정도 이야기가 맞아떨어지면 당장에라도 신성기사단을 이끌고 돌진할 것처럼 느껴졌다.

'나쁘지 않은데?'

바젤 교황이 나를 신뢰하고 있다는 건 알고 있었지만 이 정도일 줄은 생각하지 못했다. 아마 일전의 여신 강림 사건이 결정적이었던 모양이다.

'이상하지는 않지.'

베니고어 여신이 직접 내 몸에 들어와 빛기영과 소통하고 있다는 걸 몸소 증명했다. 몇 마디 대화를 나누었다는 걸 믿지 못하는 게 오히려 이상한 상황이리라.

'이것도 써먹을 수 있겠어.'

생각해 보니 박물관을 급하게 움직일 필요도 없다. 대부분의 던전이 막히기는 했지만 대륙에 영웅 등급의 던전과 전설 등급의 던전은 많다.

악마 관계자들이 똬리를 틀고 있는 장소가 모조리 던전. 시스템상으로는 던전 판정을 받지 못한 곳이기는 하지만 뭐 어떤가. 인간을, 아니, 악마를 죽여도 경험치는 오른다.

보상과 경험치, 아이템과 명성, 악마 관계자 메디리브가 거주하고 있는 악마의 첨탑은 전설 등급의 던전이라고 봐도 무방하다. 들어갈 수 있는 인원도 한정되어 있고 군대가 아니라 파티 단위로 움직여야 하는 장소다.

그 외 수많은 악마 관계자들이 거주하고 있는 던전 역시 마찬가지. 하루에 수십, 아니, 수백 개의 던전을 만들 수도 있는 게 현 대륙의 상황.

인류가 하나가 되는 걸 방해하는 잡놈들은 모조리 악마 새끼들이다. 심지어 각자가 모시고 있는 신들을 위해 싸우는 성전이기도 하니 신성 역시 얻을 수 있는 것은 당연지사.

이 정도라면 베니고어를 비롯한 다른 신들 역시 발 뻗고 편하게 쉴 수 있을 거라고 생각했다.

'키야……. 완벽하다. 완벽해. 베니고어야, 이게 운영이다.'

조금 애매한 부분도 확실히 존재하지만 디테일한 부분이야 이후에 끼워 맞춰버리면 그만이라는 거다.

잠시 바젤 교황을 바라보니 다시 한번 그의 목소리가 들려오기 시작했다.

"그들이 뿌리를 내린 곳이 어디 있는지는 알고 있는가. 이기영 명예추기경."

"확실하게는…… 듣지 못했습니다만 꼬리를 잡을 수 있도록 최선을 다해보도록 하겠습니다, 바젤 교황님."

"든든하네……. 든든하구먼. 과연 이기영 명예추기경이야. 이기영 명예추기경이야말로 진정으로 베니고어 여신께서 내려주신 사자일세. 수많은 전장을 발로 뛰어다니고 수많은 위협과 함께하면서도 이렇게 버젓이 서 있을 수 있는 이유가 뭐겠는가. 이기영 명예추기경이 아니었다면 교단도 지금처럼 왕성하게 성장하지는 못했을 게야. 명예추기경에게는 진심으로 감사하다고 생각하고 있네. 자네 같은 사람이 여신님의 곁에 있어서 참으로 다행이야. 참으로……."

"아닙니다, 바젤 교황님. 오히려 베니고어 여신님은……."

"……."

"베니고어 여신님께서 항상 지켜보고 계시다고, 고맙다는 말씀을 전하라 하셨습니다."

"허……."

이건 베니고어밖에 모르는 바보를 위한 서비스. 단순히 흘리는 말로 한마디 했을 뿐이었지만 내 손을 맞잡은 손에 힘이 들어가는 게 느껴졌다. 그 이후에 보인 모습은 더더욱 가관.

"그, 그게 참인가."

"예."

주책없게 눈에 눈물이 고이고 있는 모습이 시야에 비쳤다. 다 늙은 할아버지가 눈물을 글썽이는 모습은 확실히 익숙하지 않은 모습. 비록 거짓말이기는 하지만 이렇게 좋아하는 모습을 보자 이런 서비스를 해주길 잘했다는 생각마저 든다.

"여신이시여…… 감사합니다. 감사합니다. 베니고어 여신이시여."

"……."

"베니고어 여신님만을 섬기던 내 지난 세월은 결코 틀리지 않았던 게야."

"예. 아마…… 전부터 쭈욱 지켜보고 계셨을 겁니다. 그분은 항상 저희와 함께하시니까요."

물론 정말로 보고 있었을지는 모르겠지만 바젤 교황이 기분이 좋다면 그걸로 됐다. 뒤에 병풍처럼 서 있는 다른 갤러리들 역시 이 훈훈한 모습에 고개를 끄덕이고 있다.

아마 교단의 고위 인력들은 나보다 더 기분이 좋으리라. 그동안 바젤 교황의 분노를 받아내느라 힘들었을 것이 분명. 그의 기분을 풀어준 나에게 감사의 눈빛까지 보내는 녀석도 있을 정도였다.

"머, 먼저 들어가겠네. 명예추기경. 함께 시간을 보내고 싶었지만 오늘은 하루 종일 여신님께 기도를 올려야겠어."

"잘 생각하셨습니다, 교황님."

"그리고 대륙에 뿌리내린 더러운 악마 하수인들의 소재가 파악되는 즉시 교단 측에 알려줄 수 있도록 해주게나. 직접 신성기사단을 보낼 터이니."

"예."

"감히 여신님을 해하려고 들어? 이단 심문관 헬레나."

"네."

"헬레나 심문관은 오늘 악마 소환사 진청에게서 대륙에 퍼져 있는 다른 끄나풀에 대한 심문을 시작하게. 한시라도 가만히 있을 수 없지."

"네. 교황 성하."

'아, 진청 새끼 오늘 이거…… 힘들어지겠네.'

진청이 고통받는 것까지는 예상하지 못했다. 재판이 얼마 남지 않아 비교적 몸이 편할 타이밍이었건만 뜻밖의 모진 고문을 받게 될 녀석에게는 잠깐 동안 묵념을 할 수밖에 없었다.

나로서도 기왕이면 진청의 입에서 악마들의 소재지가 나오는 게 편하기는 하다. 언제 한번 접선해 보는 것도 나쁘지 않을 거라 생각이 드는 것이 당연하리라.

비교적 귀찮은 협상 과정이 있기야 하겠지만 뭐, 어떤가. 누가 강자고 누가 약자인지는 이미 정해져 있는 상태. 이쪽이 뭔가를 제안하면 저쪽은 받아들일 수밖에 없다.

'쇠뿔도 단김에 빼라고 했으니까.'

기왕 하는 거 지금 들러도 나쁘지 않을 것 같았다.

"제가 직접 가 보도록 하겠습니다, 바젤 교황님."

"그렇게 해주겠는가?"

"예. 저 역시 베니고어 여신님이 걱정되어 참을 수 없습니다. 도움이 될지는 모르겠지만 그를 한번 설득해 보겠습니다."

"이기영 명예추기경이 그리 말해준다면 든든하지. 아암!"

"여신님을 위해 최선을 다할 뿐입니다."

"자네만 믿겠네."

'그래. 나도 너만 믿는다.'

한 차례 포옹을 한 이후에 멀어지는 바젤교황의 모습을 보자 괜스레 입꼬리가 올라갔다.

드디어 일이 끝났다는 걸 깨닫자, 적당히 거리를 두고 서성거리던 정하얀이 발바닥에 땀이 나도록 뛰어왔다. 조혜진과 카스가노 유노는 대화를 나누며 천천히 걸어오고 있었고 엘레나는 여전히 눈치를 보고 있다.

혹시 모를 상황을 대비해 데려온 이 전력이 잉여전력이 되어버렸다. 물론 휴가 같은 목적이라고 생각하면 마음이 편하겠지만 서로 기 싸움을 벌이고 있는 것이 문제.

희라 누나 역시 빠르게 다가올 줄 알았건만 그녀는 조금 다른 게 궁금한 모양이다.

"자기."

"응?"

"베니고어의 목소리…… 정말로 들은 게 맞아?"

"못 믿겠어?"

"하도 구라를 치고 다니다 보니……. 뭐, 자기 업보지."

"……."

"……."

"정말이야, 누나. 솔직히 나도 들을 수 있을 거라고는 생각하지 못했는데 어떻게 일이 잘 풀렸지. 아마 누나가 궁금할 질문도 내가 전부 했을 것 같은데…… 자세한 건 나중에 이야기해 줄게. 그보다 중요한 문제도 있거든. 들으면 놀랄걸?"

"뭔데?"

"퀘스트 생성이 당분간 중지될 거야. 전 대륙적으로. 물론 각 지역마다 차이는 있겠지만 직업 관련이나 튜토리얼 던전을 제외한 퀘스트는 없어."

"농담이지?"

"전설 등급 이상의 던전도 출입이 제한될 거고. 알아보니까 저기 위에 무슨 일이 생긴 게 맞더라고."

"……기분 좋은 소식은 아니네. 그리고 상당히 신기하기도 하고……. 자기, 정말로 신들이랑 교감하는구나?"

"운이 좋았다니까."

"아무튼 상당히 시끄러워지겠는데……. 이거 해결할 수는 있는 거야? 아니, 그전에 그 당분간이라는 시간이 어느 정도야?"

"3년. 물론 줄이려고 하면 줄일 수도 있고. 어떻게 하면 좋을지는 대충 머릿속으로 구상하고 있어. 진청한테 가 보는 이유도 바로 그거고. 원래 그 얼굴을 별로 보고 싶지는 않았는데 이렇게 또 보게 되네."

"흐음."

"저, 저는 그 사람 별로 마음에 안 들어요."

"나도 마찬가지야, 하얀아. 근데 어쩌겠어. 필요한데. 아, 그리고 여기서부터는 따라올 필요 없어. 다들 적당한 곳에서 쉬고 있으면 될 것 같아. 일 끝나고 저녁이나 같이 먹자."

"그렇게 하지, 뭐. 안 그래도 나도 수도에 볼일이 있었거든."

"네……."

"괜찮으시겠습니까?"

"네. 잠깐 대화나 나누러 가는 거니까요."

정하얀이 자기도 데려가 달라는 듯 눈빛으로 호소해 왔지만 한 명을 데려가면 모두를 데려가야 하는 상황이 펼쳐질 수도 있다. 시간도 얼마 걸리지 않을 만큼 깔끔하게 혼자만 왔다갔다 해도 나쁘진 않을 것이다.

'잘 지내고 있으려나…….'

사실 조금 늦기는 했다. 감옥에 처넣은 이후에는 코빼기도 비치지 않았으니까.

'이 새끼도 참 명줄이 길단 말이야.'

교단 내에 위치한 지하 심문실로 발걸음을 옮기자 곧바로 어둡고 축축한 실내가 나를 반겼다.

빛기영과는 어울리지 않는 장소였다는 건 언급할 필요도 없으리라.

'여기 오는 건 처음인가.'

적어도 내 기억으로는 그렇다. 이단 심문관들이 운영하는 심문실 같은 곳은 솔직히 나 같은 사람과 어울리는 곳이 아니다.

뭔가 축축하고 어두운 느낌이 무슨 던전에라도 들어온 기분. 당연히 무슨 사고가 생기지는 않겠지만 심적으로 불안해진다.

그야 그럴 수밖에 없는 게, 사방에서 비명과 신음이 새어 나오고 있다. 그중에선 심지어 죽여 달라고 외치는 녀석도 있다 보니 담이 약한 나로서는 움츠러들 수밖에 없었다.

도대체 뭘 하고 있길래 죽여 달라는 소리가 나오는지 알 수 없다만 굳이 보지 않아도 머릿속으로 그려지는 장면이 있다.

'이런 건 어떻게 계산되는 걸까?'

베니고어 교단은 본래부터 이단 심문실을 운영하고 있었다. 하지만 이런 식은 아니었다고 자신 있게 이야기할 수 있다.

바젤 교황의 등장으로 인해 교단 내 이단 심문관들의 입지가 상승했고 배경적 상황이 맞물려 커다란 부흥을 맞이한 것.

모든 종교가 이단 심문관이나 악마 사냥꾼 같은 이들을 운영하고 있기는 했지만 지금의 베니고어 교단은 내가 상상하는 것 이상으로 그 규모가 자라났다.

그렇기 때문에 궁금할 수밖에 없었다. 이런 마이너스 감정을 뽑아내는 공장이 베니고어 파산에 기여하고 있는지에 대해서.

'아예 불가능하지는 않아.'

가능성이 아예 없다고는 할 수 없다. 베니고어의 독실한 신자이자 바젤 교황의 진정한 우군인 내가 이런 말을 하는 게 조금 민망하기는 하지만 이런 공간은 악마들에게나 어울린다.

빛 뒤에 어둠이 있다고 한들, 빛의 이름으로 운영되는 시설이라기에는 거리가 멀다. 만약 이런 장소가 베니고어의 신성을 깎아 먹고 있다고 한다면 그녀가 파산한 것도 이해가 간다. 버는 것도 많았지만 그만큼 사용한 것도 많았던 것이다.

"위쪽도 어렵겠네."

"뭐라고 말씀하셨습니까? 명예추기경님."

"아무것도 아닙니다. 헬레나 이단 심문관님."

"……."

"……."

"저, 명예추기경님. 혹시나 장소가 불편하시다면 제가 따로 악마 소환사를 불러……."

"아닙니다. 헬레나 심문관님. 솔직히 유쾌하진 않지만 이런 장소가 필요하다는 건 어느 정도 인지하고 있습니다. 불편하다기보다는 존경스럽기까지 합니다. 그 누구도 맡지 않으려는 일입니다. 자부심을 가지셔도 됩니다. 이건 더러운 일이 아니라 그 어떤 일보다도 신성한 일입니다."

"……."

"분명 베니고어 님께서도 이 광경을 보신다면 기뻐하실 것입니다. 하하."

물론 베니고어 여신이었다면 인상을 찌푸리며 이딴 짓 하지 말라고 울부짖었을 것이다. 하지만 그런 소리를 할 수 있을 리 만무.

베니고어에게는 안 좋은 소식일지도 모르겠지만 이런 종류의 장소는 없어서는 안 될 필수요소나 다름없다. 너무 악이어서 문제지만 어쨌든 간에 필요악이라는 거다.

나로서도 규모를 축소해 베니고어에게 들어가는 신성의 양을 늘리고 싶었지만, 이곳의 규모는 결코 축소할 수가 없다. 베니고어가 오염되어 육체가 썩어들어가는 한이 있더라도 이 장소는 계속해서 운영되어야 한다.

이런 내 의견이 어지간히 마음에 들었는지 천천히 풀어지는 헬레나 이단 심문관의 얼굴이 보였다.

솔직히 애랑 둘이 있는 건 조금 무섭기는 하지만 신이 자신을 바라봐 준다는 말에 기분이 좋은 모양. 조용히 고개를 푹 숙이며 입을 열어오는 것이 시야에 비쳤다.

"명예추기경님."

"네, 헬레나님."

"저…… 언제 한번 제이나 대주교님과 함께 기도회를 열까 하는데……."

"초대해 주신다면 당연히 찾아가겠습니다. 당장은 조금 힘들겠지만 헬레나 이단 심문관님과 제이나 대주교님과 함께 드리는 기도회는 제게도 큰 기쁨입니다. 당연히 참가해야지요."

"……."

"그보다…… 여기서부터는 저 혼자 들어가도 괜찮을 것 같습니다."

"정말 괜찮으시겠습니까?"

"물론입니다."

"네, 그러시다면. 혹시 무슨 일이 생긴다면……."

"네."

고개를 꾸벅 숙이며 천천히 멀어지는 뒷모습은 왠지 모르게 기분이 좋아 보였다.

그동안 많이 마주치기는 했지만 그녀와 단둘이 이 정도로 이야기해 본 것은 처음인 것 같다. 제시카 대주교와는 성격이 정반대건만 어떻게 둘이 그렇게 쿵짝이 잘 맞는지 이해하기 힘들었다.

아무튼 간에 저쪽의 임무는 이걸로 끝. 이쪽의 임무는 지금부터 시작이다.

"이쯤이었나."

괜스레 중얼거리며 문 앞에 자리를 잡았지만 스스로에게 물어볼 필요도 없다. 다른 장소와는 질적으로 다르게 특별 관리를 받는 듯한 모양새. 여러 가지 신성력의 결계가 쳐져 있는 걸 보니 역시나 하는 생각이 든다.

조용히 내 신성력을 주입하자 결계가 깔끔하게 풀린다. 몇 번이나 비슷한 행동을 한 이후에 보이는 것은 커다란 철문 문을 열고 들어서자 아주 오랜만에 보는 외관이 눈에 비치기 시작했다.

"나는…… 아니야……."

"……."

"나는 악마 소환사가 아니란…… 말이다."

"……."

'진짜 불쌍하네.'

고개를 들지도 못하는 꼴은 가관. 온몸에 상처가 나 있고 전설 등급의 금속으로 이루어진 쇠사슬로 양발과 양손이 구속되어 있었다.

그것으로도 모자라 정체 모를 십자가 같은 것에 매달려 있었는데 뭐라 말로 표현할 수 없는 도구들이 한쪽에 즐비해 있었다. 어디에 쓰이는지는 모르겠지만 기괴한 모양만으로도 보기 싫어진다.

어떻게 생각하면 대단하게 느껴질 정도. 이토록 모진 고문을 당하면서도 제정신을 유지하는 저 정신력이 놀랍다. 만약 나였다면 저 쇠사슬이 팔에 장착되는 순간 내가 모르는 것까지 전부 다 나불댔을 것이다.

과연 한 시대를 지옥으로 만든 가면 쓰레기다운 정신력. 어째서 김현성이 과거에 녀석에게 당했는지를 잘 알려주는 대목이었다.

"나는 악마 소환가 아니야. 나는 공화국의 진청이다……."

얼마나 억울했으면 반쯤 정신을 잃은 상태에서도 계속해서 중얼거리는데, 아무래도 나를 이단 심문관으로 착각하는 모양이다. 어떻게 인사를 꺼내야 할지 민망할 정도였다.

마음의 눈으로 몸 상태를 체크한 이후에는 자신 있게 고개를 끄덕이며 매달린 녀석을 풀어줄 수 있었다.

굳건히 서 있을 줄 알았건만 철퍽 하는 소리와 함께 녀석이 힘없이 바닥으로 주저앉았다.

'대화를 할 수 없는 상태 아니야?'

만약 그렇게 된다면 조금 귀찮아진다. 하지만 걱정과는 달리 살짝 입을 열자 녀석이 곧바로 이쪽을 바라보는 것을 확인할 수 있었다.

"……오랜만입니다."

마치 그리운 연인을 만났을 때와 같은 다정한 어투. 어떻게든 협상에 임하기 위해 최선을 다했건만 예전의 인성을 버리지 못한 가면 쓰레기는 급격한 발작 증세를 보이기 시작했다.

"너……."

"이런 식으로 다시 마주할 줄은 꿈에도 몰랐습니다. 일단 앉으시죠. 그동안 식사도 못 하셨을 텐데, 물과 배를 채울 만한 요깃거리도 가져왔습니다. 이단 심문관들 몰래 이걸 빼내오느라 무척 힘들었지 뭡니까. 하하하."

"너……."

"그렇게 쳐다보시면 조금 부담스럽습니다."

"너, 너! 이기여어어어엉!"

"뭐, 뭐야! 왜 이래!"

이래서 검은 머리 짐승은 거두지 말라고 했던가. 정성을 다해 준비했건만 기껏 준비한 음식들을 쳐내며 이쪽으로 달려드는 모습은 마치 튜토리얼 던전의 아귀와 같은 모양새. 은혜도 모르는 범죄자의 얼굴이었다.

"개자식! 죽여 버리겠어!!!"

어떻게 그런 힘이 남아 있었는지 모르겠지만 두 다리로 굳건히 몸을 일으켜 주먹질을 해오는 모습은 가관이었다.

물론 모양새만이 아니라 스탯 자체도 아귀급으로 하락한 녀석이 나에게 상처를 입힐 수 있을 리 만무.

신사적으로 대우해 주고 싶었지만 너무나도 갑작스러운 공격에 내재해 있던 잠재된 폭력성이 드러나 버렸다.

거북이처럼 둔하게 휘두른 오른쪽 훅을 피한 뒤 왼쪽 옆구리에 바디 블로우.

약자에 대한 예우 차원으로 마력을 넣지 않았지만 진청의 몸이 크게 흔들린다.

"커헉!"

쓰레기가 된 것 같지만 간만에 맛보는 강자의 기분.

이미 전투력의 차이를 실감하고 있음에도 다시금 왼손을 휘둘러 오는 녀석에게 질풍과 같은 발차기를 내질러 주었다.

힘이 실리지는 않았지만 곧바로 벽에 부딪히는 진청의 모습은 굉장히 처참하다.

'이거…… 의외로 격투에 소질이 있는 거 아니야?'

괜스레 주먹을 꽉 쥐어볼 정도. 하지만 바닥에 주저앉아 피를 토하는 녀석을 바라보자 상처뿐인 승리라는 사실을 깨달아 버렸다.

그 와중에도 녀석은 흥분한 모습을 버리지 못한 채 커다란 목소리로 명을 재촉하는 중.

하지만 이번에는 아까처럼 주먹을 휘둘러오지 않았다.

"죽여 버리겠어……. 죽여 버리겠어어어! 쿨럭."

"아니. 뭘 자꾸 죽여 버린다고 그러십니까, 진청 군사님."

"이기영 개자식! 이기영 개자시이익……."

"저는 대화를 하려고 왔습니다, 군사님. 시비를 걸려고 온 게 아니에요. 참고로 방금 싸움은 불가항력이었습니다. 아무리 저라도 제대로 걷지도 못할 사람을 때리는 취미는 없으니 대륙과 같이 넓은 마음으로 이해해 주십시오. 그리고…… 내장을 조금 다치신 것 같은데 제대로 대화할 정도로는 신성력을 보내드리도록 하겠습니다. 그러니까. 딱 고통스럽지 않을 정도로만요. 너무 치료해 버리면 다시 한번 달려들지 않겠습니까. 저는 폭력을 싫어하는 사람이니 대화로 해결합시다."

"너, 너……!"

"그렇게 억울해하시는 걸 보니 제 기분이 더 안 좋습니다, 진청 군사님. 당연히 억울한 것도 이해는 가지만 서로 어쩔 수 없는 상황 아니었습니까? 애초에 전쟁을 먼저 일으킨 것은 당신과 공화국이고 저희야 대응해 승리를 취한 것뿐이지 않습니까. 그 와중에 서로가 서로에게 상처 입힐 만한 순간이 있었지만 이미 승자와 패자가 가려졌으니 진 쪽은 깔끔하게 이긴 이들에게 박수를 보내야지요."

"개자식……. 네 입에서 그런 말이 나와? 반드시 죽여 버리겠어. 이번이 아니면 다음에라도 반드시. 죽어서도 네놈을 저주하고……."

"죽어서 저주하는 게 다 무슨 소용입니까? 일단 적당한 곳에 앉기라도 하세요. 말했다시피 대화를 하려고 찾아왔으니까요. 결코 쓸데없는 말을 하려고 찾아온 게 아닙니다. 당신한테도 굉장히 좋은 이야기일 수도 있어요."

"대화는……."

"말 그대로 대화입니다. 아니, 오랜만에 옛날이야기 같은 걸 하는 것도 즐거울 것 같고요. 원래 호적수라는 건 지난 싸움에 대한 이야기를 나누면서 친해지는 법 아니겠습니까? 솔직히 당신을 상대하는 건 정말로 힘들었다고요. 중간에 탈주하고 싶어진 적도 있었습니다. 당신은 어떻게 생각하고 있을지 모르겠지만 그래도 나름 명승부라면 명승부이지 않았습니까."

"그 입 다물어."

"확실히…… 승부라고 하기에는 조금 애매한 감이 없지 않아 있었습니다. 참고로 사기꾼과는 대화를 안 한다 따위의 졸

렬한 모습은 보이지 않기를 바랍니다. 저도 당신을 악마 소환사로 만들어버리기는 했지만 당신도 저를 전쟁을 일으킨 쓰레기 자식으로 만들지 않았습니까. 만약 제가 패배했다면 전범으로 이 자리에서 모진 고문을 받고 있었을 겁니다. 서로 이해할 부분은 이해하자 이 말입니다."

"……."

"지금 와서 당신이 억울해하는 게 코미디 같은 상황이 아닙니까. 흥분은 조금 가라앉혀 주세요. 그래야 대화가 통하지 않습니까."

내 말이 맞다. 만약 이쪽이 진청에게 패배했다면 아마 현재의 녀석과 비슷하면 비슷했지, 결코 덜하진 않았을 것이다. 어쩌면 대륙에 혼란을 일으킨 전범 이기영으로 단두대에 목이 썰려 나갔으리라.

내 발언에 공감하는지는 알 수 없지만 악마 소환사이자 가면 쓰레기 진청이 조용히 나를 바라보기 시작.

어느 정도 생각을 정리한 것 같은 느낌이다. 본인이 쳐낸 물을 다시금 입안으로 들이키며 입을 여는 모습이 보였다.

"……."

"……."

"원하는 게 뭐지?"

조금 진정이 된 듯 이쪽에게 원하는 걸 물어오는 진청은 방금과 같이 추한 모습이 아니다. 한 치의 물러섬도 없는 당당한 모습. 과연 1회 차 최대 빌런다운 멘탈이었다.

"당신이 증언해 주셨으면 하는 게 있습니다."

"뭐?"

"말 그대로입니다. 당신이 증언해 주셨으면 하는 게 있어요. 역시 간 같은 거 안 보고 시원시원해서 마음에 듭니다. 보통 이런 협상을 하다 보면……."

상당히 짜증 나게 마련이다. 그럼에도 눈앞에 있는 자식은 조용히 나를 바라볼 뿐, 쓸데없는 소리를 해오지는 않았다.

일단은 이쪽이 말하는 걸 들어보고 판단하겠다는 거다. 다시 한번 뒤통수를 맞지는 않을까, 걱정하지 않는 걸 보니 그야말로 대인배 중에 대인배라 할 수 있는 수준. 저런 멘탈이 어디에서부터 우러나왔는지는 대충 예상할 수 있었다.

'잃을 게 없으니까.'

지금에 와서 뒤통수를 맞는다고 한들 녀석은 잃을 게 없다. 반쯤 자신을 놓은 듯한 모습에 나도 모르게 고개를 끄덕이게 될 정도였다. 그 와중에도 자신이 현재 을의 위치에 있다는 것도 인지하고 있으니 충분히 대화가 통할 만도 하다.

모든 게 괜찮은 상황 같았지만 혹시 모를 상황을 위해 약간 경계심이 든 것도 당연.

일어나서는 안 될 상황의 대비 아닌 대비를 한 뒤에 다시 한

번 진청의 목소리에 귀를 기울였다.

“아니. 내가 먼저 물어보겠다. 대화를 원한다고 했으니 이 정도는 용인할 수 있겠지.”

“물론입니다.”

“현재 바깥은 어떻게…… 됐지?”

인간이라면 궁금할 수밖에 없다. 감옥에 틀어박힌 이후에 접할 수 있는 정보가 제한적이었을 테니 물어보는 게 당연하다.

현재 녀석이 알고 있어도 별 쓸모없는 정보를 알려주는 건 어려운 일도 아니다. 내 승리에 대한 결과를 자랑하고 싶기도 했고……. 무엇보다 패자와 나누는 대화가 은근히 재미있었기 때문이다.

“글쎄요. 뭐, 아주 자알 돌아가고 있습니다. 예상하고 계시겠지만 전쟁은 끝났습니다. 인류는 하나가 됐고 다가올 악마의 위협에 대비해 새로운 시스템을 구축하고 있습니다. 당신 하나로 인해 전 인류가 모인 셈이니 이 부분은 당신에게 감사를 드려도 될 것 같습니다. 공화국도 마찬가지입니다. 언제 전쟁을 일으켰는지 모르게 입을 싹 닫는 모습이 제법 일품이더군요.”

“…….”

“저도 저지만 그쪽은 정말로 치워야 할 쓰레기가 많다고 느낀 거 아니겠습니까. 공화국의 몇몇 사람은 아주 대놓고 전쟁을 일으킨 장본인이 당신이라 선동하고 있습니다. 자신들은 아무 죄가 없고 이 모든 건 악마 소환사 진청의 사악한 계략으로 이루어졌다는 거죠. 물론 교국을 비롯한 대륙의 모든 왕국은 그들의 이야기에 수긍하고 있고요. 조금 애매한 부분이 있기는 했지만 기본적으로 교국은 공화국을 용서했다는 겁니다. 뒤로 받은 게 조금 있기는 하지만 너도 이기고 나도 이기는 그림을 완성하는 데 성공했습니다."

"개자식들……."

"보기 좋게 토사구팽당한 겁니다. 키야……. 뿐만이 아닙니다. 아무것도 모르는 어린애들도 악마 소환사 진청이라면 치를 떨며 돌멩이를 집어 던지는데 그걸 공화국이 선전 요소로 사용하고 있지 뭡니까? 저도 쓰레기지만 거기도 충분히 쓰레기 같은 놈들이 많습니다."

"지금 와서 이간질하려고 한들 네가 얻을 수 있는 게 뭐가 있지?"

"이건 이간질이 아니라 그냥 있는 그대로의 사실을 말씀드린 것뿐입니다. 당신은 공화국의 권력자들에게 버림받았습니다. 완벽하게. 심지어 당신을 따르던 이들에게도요."

"……."

"물론 여전히 고통받는 이들은 존재합니다. 당신과 함께 재판을 기다리고 있는 당신의 수족들. 이 사람들의 충성심은 저로서도 조금 놀랐지 뭡니까. 아직까지 죽은 사람은 없습니다. 아무래도 교단에서 고문을 받다 보니 그런 부분에 대해서는 걱정하지 않으셔도 될 겁니다."

"무사한 건가."

"네. 무사합니다. 재판이 끝난 이후에는 어떻게 될지 모르겠습니다만, 모두 죽음도 불사하겠다는 상태라……. 어떻게 말이 통하지 않지 뭡니까. 적당히 회유하고 구슬려 봐도 절대로 배신하지 않는다고 고개를 저어대니 정말 부관들 하나는 잘 두셨습니다."

"……."

여러 가지로 찝찝하다는 얼굴은 가관. 기분이 좋은지 나쁜지 잘 느낌이 오지는 않는다.

물론.

'그럴 만도 하긴 해.'

녀석의 입장에서는 그런 생각을 할 만도 하다. 나라도 마음이 복잡했을 것이다. 자신을 따르던 이들이 고통받고 있다는 사실은 어떻게 들어도 달갑게 들리지 않을 테니까.

"더 궁금하신 건 없으십니까? 아니, 그보다 흥분은 조금 가라앉으신 겁니까? 아까와는 반응이 사뭇 달라서……."

"개소리. 지금 당장에라도 네놈을 때려죽이고 싶은 심정이다. 다만……."

"이해합니다, 진청 님."

"네 말에 어느 정도 공감했다는 이야기다. 사기꾼 자식……."

"……."

"그들은 어떻게 되는 거지?"

"나쁜 쪽 아니면 착한 쪽?"

"내 사람들 말이다."

"재판이 끝난 이후에 죽을 겁니다. 당신과 함께요. 처형 방법은 최대한 인도적인 방법으로 진행될 겁니다. 대륙에 해악을 끼친 악마 소환사와 그의 하수인들이라고 한들, 모두가 공존하는 새 시대에 쓸데없이 잔인한 방법을 기용할 필요는 없으니까요. 고통받을 새도 없을 겁니다. 제가 만든 포션을 사용하는 방법도 고려 중이고요. 아마 그게 덜 고통스러울 겁니다. 꿈에 빠지듯이 스르륵 잠들면 고통스러웠던 곳과는 영영 이별. 혹시 압니까? 죽으면 지구로 되돌아갈 수 있을지. 이곳에 있는 것보다는 화끈하게 죽는 게 더 편하실 거라 확신할 수 있습니다."

"그게 네 제안인가? 정말 그게 끝이라면 지금 당장 나가는 게 좋을 거야. 이미 여기에 있는 동안 그런 고통은 많이 겪어봤으니까. 내가 그런 말에 혹할 거라고 생각하는 거라면……."

"아뇨. 당연히 이게 아닙니다. 겨우 이 정도가 끝일 리가 없지요. 아, 우선 제안부터 드려야겠습니다. 이거 한번 보시죠."

품 안에 있는 걸 슥 내밀자 내가 내민 것을 바라보고 있는 녀석의 얼굴이 시야에 비쳤다.

다음 설명이 필요할 거라 생각했는데, 표정을 보니 굳이 그럴 필요도 없다고 느껴진다.

이미 가면 쓰레기는 내가 원하는 게 뭔지에 대해 아주 잘 알고 있다.

"정적들?"

"비슷합니다. 더불어 당신을 매몰차게 버렸던 공화국의 인사들이 명단도 포함되어 있고요. 그 명단에 적혀 있는 이들은 전부……."

"처리할 생각이로군. 참으로 너답다. 쓰레기 같은 생각이야."

"네. 전부 악마의 하수인들입니다. 제가 밝혀도 별문제는 없겠지만 아무래도 당신이 말해주는 게 더 그림이 좋지 않겠습니까? 겸사겸사 당신을 배신한 이들에 대한 복수도 할 겸. 몇몇은 필요도 없는데 서비스로 넣어드린 겁니다. 지금 대륙 상황이 좀……. 경험치가 많으면 많을수록 좋은 상황이거든요. 아! 만약 받아들이시겠다면 특히나 저 악마의 첨탑 관계자들을 가장 힘 있게 말씀해 주시면 감사할 것 같습니다."

"대륙을 하나로 만든다고 하지 않았나?"

"있어도 쓸모없는 자들입니다. 방해가 되는 이들일 게 뻔해요."

"……."

"가치관이 다른 이들이기도 하고요. 저도 기왕이면 다 품고 가고 싶지만…… 이것도 전부 여신님의 뜻이라 어쩔 수가 없습니다."

"너는……."

"네?"

"너는 정말로 여신의 선택을 받은 사자인가?"

"그건 거짓말이 아닙니다. 저는 정말로 여신과 소통하고 있어요. 예상하고 계시겠지만 이 세계의 여신님은 공정하지 않습니다. 최소한 제가 관련된 것에 대해서는 그렇습니다. 제가 신의 선택을 받았다는 건 거짓이 아닙니다."

"어처구니가 없군. 미친 자식들. 제기랄. 미친…… 자식들……. 어째서……."

"이유는 모르겠지만 그렇게 이야기하시는 건…… 신성 모독입니다. 한낱 인간이 어찌 감히 여신의 뜻을 알겠습니까? 그래도 마음이 조금은 편하실 겁니다. 당신이 제게 당한 이유는 어디까지나 제가 신의 선택을 받았기 때문입니다. 당신은 저보다 우월하고 똑똑해요. 대륙인의 기상이 느껴진다, 이 말입니다."

"이죽거리지 마라, 개자식."

내 중얼거림에 무척 허탈해하고 있는 얼굴이 보였다. 마치 삶의 모든 걸 부정당한 듯한 표정. 누가 보면 나라라도 잃은 것 같은 얼굴이었다.

진청은 어째서 자신을 이렇게까지 몰아붙인 건지는 물어볼 생각이 없는 모양이다.

나름대로 대인배적인 사고방식에는 고개를 끄덕일 수밖에 없었다. 방금 한 이야기가 효과가 있는 것이다.

“자, 이제 선택의 시간이 다가옵니다. 제가 드린 제안은 이게 끝이고 당신에게 돌아갈 혜택 또한 지금부터 말씀드리는 게 끝입니다. 받아들일지 받아들이지 않을지는 온전히 당신의 선택에 달렸습니다.”

“선택지가 있나? 어떻게 생각해도 네가 날 살려주는 선택지에 대해서는 떠오르지 않는데…….”

“놀랍게도 그것 역시 선택지에 있습니다. 제 생각에는 당신이 그 선택지를 받아들이지 않을 거라고 생각하지만……. 큼. 아무튼 천천히 이야기를 들어보시면 납득하실 수 있을 겁니다. 만약 당신이 제 제안을 받아들였을 때의 첫 번째 선택지입니다.”

“말해라.”

“당신은 목숨을 부지할 수 있을 겁니다. 비참하게 살아가게 되겠지만 아무튼 간에 목숨은 건질 겁니다. 공식적으로 당신은 처형당한 게 될 거고 모든 사람은 당신이 죽었을 거라 생각하게 될 겁니다. 지하감옥 비슷한 곳에 들어가 그곳에서 계속 지내시는 겁니다. 식사도 나오고 잠자리도 나름대로 푸근한 곳이죠. 대충 유배 비슷한 거라고 생각하시는 게 편하실 겁니다."

"……."

"그리고 두 번째 선택지는…… 대충 예상하고 계시겠지만 당신이 목숨을 잃는 선택지라고 보면 될 겁니다. 말 그대로, 당신은 깔끔하게 죽을 겁니다. 재판도 원활하게 진행되고 제가 말씀드린 이 명단에 대한 발표도 대중에게 발표하고 모종의 방법으로 이 대륙과 작별을 고하는 거죠. 대신."

"……."

"대신 오명을 벗을 수 있게 해드리겠습니다. 악마 소환사 진청은 사실 미지의 세력에게 세뇌당한 것이고 그의 희생으로 인해 대륙은 하나가 될 수 있었다는 거로 가는 게 좋겠군요. 아니면 이 명단에 있는 자들이 당신을 뒤에서 조종하고 있었다고 봐도 될 것 같고요. 처형당하는 그림보다는 음…… 제정신으로 돌아온 뒤 자신이 행한 짓을 견디지 못하고 스스로 목숨을 끊거나, 정적들에게 당하는 그림도 나쁘지 않을 것 같습니다. 워낙 벌려 놓은 게 많아 디테일한 부분은 조금 더 손을 봐드리겠지만…… 아무튼 큰 그림은 이렇다는 겁니다. 명예롭게 가는 거죠. 아! 대신 이 경우에는 시간이 조금 걸릴 수 있다는 것도 이해해 주시기 바랍니다."

"하……."

"전 대륙의 욕을 얻어먹으며 구질구질하게 끝까지 살아남든지 아니면 공화국의 정적들을 처리하고 최소한의 명예를 지키든지. 선택지는 두 개. 이 정도면 합리적이라고 생각합니다."

"내가 널 믿을 수 있나."

"그건 당신 자유죠. 솔직히 진청 님은 이미 제 손을 떠났습니다. 한때 살짝 존경하기는 했지만 이제 그런 감정도 없기도 하고 솔직히 말씀드리면 크게 관심이 가지도 않습니다. 여러 가지 일로 머리가 깨질 지경이라서요. 제가 이런 제안을 드리는 이유는 어디까지나 복잡한 상황을 조금 더 쉽게 풀어나갈 수 있는 장치이기 때문입니다. 물론 첫 번째 선택지와 두 번째 선택지를 합친다는 선택지는 없습니다. 저도 뒤가 걱정되지 않는 건 아니라서 말이죠. 거절한다면 여기서 끝입니다. 당신은 악마 소환사로서 죽을 거예요. 아무것도 남기지 못하고. 그냥 그렇게 죽을 겁니다. 대륙을 악마에게 팔아넘긴 최악의 쓰레기로요."

"……."

"자, 어떻습니까. 제법 구미가 당기지 않습니까? 삶이냐 명예냐. 제 경우에는 완벽히 전자겠지만……."

"한 가지만 더."

"죄송합니다만 협상은 없습니다."

"여기에 있는 이들을 배려해 줬으면 좋겠다. 그들에게는 죄가 없어. 이 이야기는 오롯이 너와 내 선에서 끝나는 것으로 하지."

"……."

"……."

"부탁이다."

"뭐. 그 정도라면 생각해 보겠습니다. 적당히 빼돌리는 것 정도야 일도 아니니. 아무튼 빨리 대답해 주셨으면 합니다. 저녁 약속이 밀려 있어서. 삶입니까, 명예입니까? 아니면 이런 개자식과의 거래는 받아들이지 않으실 겁니까."

"……."

"……."

잠깐의 시간이 흐른다. 아마 쉽지 않은 결정이겠지만 나는 녀석이 어떤 선택을 할 것인지 알 수 있을 것 같았다. 답이 너무나도 쉬워 굳이 문제를 낸 이유도 없을 것 같은 느낌.

"명예."

녀석이 바라는 건 그거다.

'이해하기 힘든 사람이야.'

녀석뿐만이 아니다. 제2 황녀 샤를롯트 역시 마찬가지. 우리 황녀님과 공화국의 군사는 두 가지 선택지 중 후자를 고르는 이들이다.

내 입장에서는 신기하게 느껴질 수밖에 없었다. 물론 샤를롯트의 경우는 녀석처럼 죽지는 못했지만 그녀 역시 자신이 선택할 수 있는 입장에 있었다면 틀림없이 후자를 선택했으리라.

'뒈지면 명예 같은 게 다 무슨 소용이라고.'

이름뿐인 명예나 개인적 가치는 언제든지 쓰레기통에 버려 버릴 수 있다. 아마 내가 녀석의 상황에 처해 있었다면 바짓가랑이를 붙잡고 살려 달라 아부를 떨 수도 있었으리라.

하지만 녀석은 어떻게든 명을 이어나가는 것보다 명예로운 죽음을 더 선택하고 싶은 모양.

슬쩍 자리에서 몸을 일으키니 나를 바라보는 악마 소환사의 모습이 시야에 비쳤다. 이미 모든 걸 놔버린 듯한 얼굴은 조금이지만 찝찝한 기분을 느끼게 할 정도.

'그게 너랑 내 차이점이야.'

똥 밭을 굴러도 이승이 낫다.

"대충 이야기는 끝난 것 같은데…… 뭐, 그럼 슬슬 일어나 보도록 하겠습니다."

"약속은 지켜라."

"네. 이런 상황에서까지 거짓말을 할 정도로 쓰레기는 아닙니다. 바로 처리되지는 않겠지만 역사는 당신을 악마 소환사로 기록하지 않을 겁니다. 여신의 이름을 걸고 드리는 맹세니 안심하셔도 됩니다."

"……."

물론 여신의 맹세 같은 건 나와는 개뿔 상관이 없다. 하지만 녀석에는 위안을 주는 대사였는지 의심의 눈빛이 조금은 사그라지는 게 보인다.

“제가 준 명단은 이미 다 외우셨을 거라고 믿고 폐기하겠습니다. 그리고 혹시나 해서 드리는 말씀입니다만 쓸데없는 짓은 하지 않으시는 게 좋을 겁니다. 제대로 할 수도 없겠지만 괜한 입을 놀린 결과물이 어떻게 되는지에 대해선 당신이 더 잘 알고 있을 겁니다.”

“알고 있다.”

“그럼 이만.”

“언젠가 네가 저지른 짓들이 너를 좀먹는 날이 올 거다.”

“그럴 리가요. 정말로 그런 게 있다면 제가 지금 이 자리에 있겠습니까? 원래 승자는 아무런 리스크도 지지 않는 법입니다.”

“…….”

“그럼 정말로 안녕히.”

혹시 재판 일이 된다면 얼굴을 볼 수 있을지도 모르겠지만 이번이 정말 끝이라는 생각이 든다. 녀석과 이렇게 독대를 하고 있는 것 말이다.

처리해야 할 사안이 많은 만큼 공식적인 자리나 여신의 거울을 통해 얼굴을 보기야 하겠지만, 한때 공화국의 중심에 섰던 적이 있었던 군사는 여기에서 끝났다. 삶을 포기한 그 시점에서 말이다.

밖으로 나가며 슬쩍 뒤를 돌아보자 조용히 눈을 감고 있는 녀석이 보인다. 무슨 생각을 하는지는 모르겠지만.

'병신 새끼.'

나는 평생 가도 녀석이 무슨 생각을 하는지 이해할 수 없을 것이다.

120장
그래도 애가 제일 무섭다

사실 진청에게 넣어놓은 것은 일종의 보험이었다.

녀석이 세뇌당했다고 다시 한번 이야기를 꾸며내는 것은 아무리 나라고 해도 쉽지 않은 이야기다. 이것저것 신경 써야 할 일도 많고 여러 가지로 걱정해야 할 일도 많다. 어떻게 생각해도 지금 당장 처리하기에는 생각해야 할 사안이 많다는 거다.

그럼에도 불구하고 굳이 녀석에게 세뇌나 이용이라는 키워드를 뒤집어씌운 이유는 뻔할 뻔 자.

'나한테 도움이 되니까.'

그 말 그대로였다. 녀석에게도 아름다운 이야기가 될 수도 있겠지만, 이건 나에게도 아름다운 이야기가 될 확률이 높다.

최근에 생각이 많아지고 있는 김현성이 바로 그 원인.

개인적으로는 나에게 씌워진 가면 쓰레기 용의가 완벽히 벗겨졌다고 생각하고 있지만, 아니, 솔직히 처음부터 용의가 있었던 것도 아닌 것 같았지만, 일이 어떻게 될지는 아무도 모른다.

어느 날 갑자기 사랑스러운 회귀자가 나를 오해할 수도 있다는 걸 생각해 보면 이런 보험은 몇 개를 만들어도 모자라다.

'만약에…….'

그러니까, 아주 만약에 김현성이 나를 1회 차 빌런으로 오해할 경우를 위한 변명거리라는 거다.

'세뇌당했을 가능성도 생각하게 만들면 좋을 것 같은데…….'

1회 차의 가면 쓰레기는 자기 자신의 의지로 그런 악독한 짓을 저지른 것이 아니었다. 오히려 끊임없이 내면의 악과 싸워 온 비운의 캐릭터가 더 어울린다.

매일 밤 자신이 저지른 짓에 괴로워하며 그 몸에 수많은 자해로 가득한 상처를 만든 고독하고 상처받은 남자. 가면 역시 울고 있는 눈을 가리기 위한 수단이라는 중2병적 설정이 머릿속에 떠올랐지만, 아무리 그래도 이 설정은 조금 그렇다고 생각해 한쪽으로 치워 버렸다.

그래도…….

'이거 나쁘지 않아.'

나쁘지 않은 설정이다. 완벽하지는 않더라도 이런 프레임을 염두에 두고 움직이는 게 그나마 최악의 상황을 벗어날 수 있는 방법이다.

누군가는 이미 다 끝난 마당에 그런 쓸데없는 상황까지 생각해 가며 움직여야겠냐고 이쪽을 비웃겠지만 백 번을 조심해도 한 번 틀어지면 모든 게 끝이다. 언제 사고가 날지 모르니 넣을 수 있는 보험은 모조리 넣어두는 게 맞다.

조금 의외였던 것은 진청 녀석이 너무나도 쉽게 이 일을 받아들였다는 것.

'당연한 건가.'

어차피 복수 말고는 더 이상 살아야 할 이유도 모르고 있었을 것이다. 복수할 수단이나 기회가 없어지니 더 추해지는 모습을 보이면 안 된다고 생각하고 있을 수도 있다. 내가 본 녀석의 모습도 충격적일 정도로 녀석은 많이 망가져 있었으니까. 프라이드가 강한 만큼 현재 자신을 둘러싸고 있는 모든 상황이 괴로웠을 거라고 생각했다.

'아무튼 이 일은 잘 해결될 것 같고…….'

과정이 짧지는 않았지만 가닥은 잡혔다. 퀘스트와 던전이 막힌다는 것은 앞으로 다가올 균열 랜드와 악마 관계자들이 거주하는 던전을 통해 해결.

전자의 경우에는 막스가 알아서 잘 해주고 있고 후자의 경우에는 이지혜에게 맡기면 일을 빠르게 끝낼 수 있으리라.

물론 균열 박물관은 내가 직접 진두지휘해 과금 시스템을 마련해야 한다.

어처구니없는 상황에 잠시나마 심장이 철렁했던 것도 사실이었지만, 마침 딱 맞는 맞춤형 솔루션의 등장은 오히려 어깨춤을 불러일으킬 정도였다.

불편한 식사 도중 잠시 떠오른 생각은 기분 좋은 느낌을 주기에 충분했다. 곧바로 말을 걸어오는 차희라의 모습이 시야에 비쳤다.

"기분 좋아 보이네, 자기. 입에는 좀 맞아?"

"응, 누나. 이거 맛있네. 살살 녹아."

"모처럼 수도에 들어왔는데 곧바로 떠나야 한다니. 김샜네. 제법 오래 있을 줄 알고 기대했는데. 여기도 혁명 이후에는 많이 바뀌어서 구경할 것도 많아, 자기."

"나도 기왕이면 조금 돌아다니고 싶긴 한데…… 급한 일이 생겨서. 말했잖아. 당분간 퀘스트 생성이나 던전 생성 같은 게 전부 정지된다고. 가만히 있을 수 있는 상황이 아니야. 솔직히 저녁도 길드에서 먹으려고 했었는데…… 여기까지 온 게 아까워서 여기라도 들른 거지."

"진청 일은 제대로 마무리했고?"

"응. 나쁘지는 않아."

이어서 말을 걸어온 것은 엘프 공주 엘레나.

"저…… 이기영 님, 다시 물어 죄송하지만, 그 말이 정말인가요?"

"아, 네. 엘레나 님. 베니고어 님께 직접 전달받은 메시지이니 아마 확실할 겁니다. 혹시 엘레나 님께서는 엘룬 님과 소통이 가능하신지요."

"생각해 보니 무척 오래전부터 그분이 느껴지지 않았어요."

'네가 버림받아서 그런 거지만…….'

그렇게 말할 수는 없다.

"베니고어 여신님께서 말씀하시길 위쪽에 커다란 일이 생겼다고 합니다. 대륙에 뿌리 박혀 있는 악마의 영향이 그분들이 계시는 곳까지 영향을 끼치고 있다 하더군요."

"그, 그럼 어떻게……."

"어렵지 않게 해결할 수 있을 겁니다. 이 땅 위에 뿌리내린 악마들을 빛의 힘으로 몰아내고 다시 한번 그분들에 대한 굳건한 믿음을 증명한다면 베니고어 님과 엘룬 님을 비롯한 모든 이에게 축복이 다시 한번 내릴 것입니다."

"노력해야겠군요."

"네. 더불어 역시 신경 쓸 게 많습니다. 여신들이 이방인들을 위해 직접 관리하시는 던전 같은 경우에도 완전히 그 기능을 정지했으니 아마 사회적으로 큰 혼란이 올 겁니다. 그 혼란을 최소화시키기 위해서라도 저희가 할 수 있는 일을 해야 합니다. 몬스터의 자재나 사냥 의뢰 같은 것은 이제는 우리 사회에 너무 깊숙하게 자리 잡고 있으니까요. 그나마 몬스터의 숲이 있는 캐슬락 동부 쪽은 괜찮겠지만 상대적으로 숲이 작은 실리아는 조금 더 문제가 심각할 겁니다. 카스가노 유노 님은 혹시……."

"사실 따로 생각해 놓은 것은 없습니다, 명예추기경님. 가이드라인을 제시해 주시면 그것에 따르도록 하겠습니다."

"아…… 네."

"물론 이방인들이 느낄 혼란에 대처해야 한다는 건 너무나도 지당한 말씀이십니다. 동감하고 또 동감하옵니다. 이 대륙을 유지하고 균형을 잡아주고 있는 시스템에 뭔가 이상이 생기고 있다는 건…… 아마 시간이 지나지 않아 모든 이방인이 깨닫게 될 것입니다. 공식적인 발표를 하고 감히 명예추기경님을 위협하는 이들을 위한 철퇴를 가다듬어야지요."

"네. 말씀 감사합니다."

"괘념치 마시옵소서."

살짝 미소를 보내고 있는 카스가노 유노의 모습이 보였다. 문제는 미소를 보내고 있는 게 그녀 하나가 아니었다는 것.

양옆에는 차희라와 정하얀이 자리해 있었고 그 옆에는 카스가노 유노와 엘레나. 또 그 옆에는 조혜진이 앉아 있었다.

안전을 위해 이 모두를 데리고 온 건 후회하지 않지만 역시나 이런 상황이 오게 되면 어느 정도 후회를 할 수밖에 없다.

결국 사건사고가 터지지 않았으니 이 멤버를 모이게 한 게 더욱더 후회된다.

'좌불안석, 가시방석. 슈바…….'

말 그대로 앉아 있는 것 자체가 고역이다. 저들이 서로 싸우고 소리를 지르는 것은 아니었지만 단 한 사람도 서로를 쳐다보는 인원이 없다. 오롯이 나에게만 시선을 고정한 채 자신만의 이야기를 중얼거리고 있었다.

서로가 서로를 없는 사람처럼 행동하는 꼴이 가관이다. 이런 상황에서 눈치를 보지 않는 자식이 없다면 녀석에게는 틀림없이 박수를 보냈으리라.

한 사람이 질문을 하고 한 사람과 대화를 하면 마무리가 될 즈음에 다른 누군가가 말을 걸어온다. 그 사람과의 담소가 끝나면 바로 대기하고 있던 그다음 타자와 함께 대화의 장으로 쓸려 들어간다.

말하기 좋아하는 나로서도 버티기 힘들다. 적절하지 않은 표현이지만 마치 인간 케이크가 되어서 이곳에 있는 이들에게 한 조각씩 떼어 먹히는 느낌. 돌려 먹히는 기분이다.

아무래도 일에 관련된 일에 이야기가 많이 나오다 보니 정하얀의 경우에는 끼어들 수가 없어 의기소침한 모습을 보이는 것도 불안요소 중에 하나.

폭발할 확률은 제로지만 그래도 정하얀은 정하얀. 언제 돌발 행동을 할지 예측할 수 없다.

물론 이대로만 끝나준다면 무난하다는 게 개인적인 생각. 하지만 그 상황에 조용히 돌을 던진 것은 조용히 밥을 먹던 조혜진이었다.

“그러고 보니…….”

“네?”

“하얀 씨 손에 못 보던 게 있군요. 아티팩트인 줄 알았는데…… 그런 것도 아닌 것 같고…… 선물이라도 받으신 건가요?”

‘이 씨바…….’

진청과 샤를롯트가 먹인 뒤통수보다도 더욱 쓰라린 통렬한 한방.

‘재는 또 왜 저걸 끼고 온 거야.’

순간적으로 모두의 시선이 정하얀의 왼손 약지로 모여든다. 모두 대충 인지하고는 있었지만 이렇게 직접적으로 언급한 것은 처음.

이 자리에 앉은 이후부터 줄곧 기분이 좋아 보이지 않던 정하얀은 소중한 결혼반지를 살짝 손으로 가리는 치밀한 행동까지 보이기 시작했다.

적절하지 않은 예지만 절대반지를 숨기는 골룸의 모양새. 하지만 저 행동이 정말로 반지를 숨기기 위한 행동이 아니라는 건 어린애라도 알고 있을 것이다.

손으로 반지를 가리고는 있지만 저 행동은 다분히 자랑하려는 의도다. 한껏 올라간 콧대와 자신감이 생긴 눈동자가 바로 그걸 말해준다.

자신은 이곳에 있는 여자들과 본질적으로 다르다는 것은 물론, 나는 너희와는 다르다는 뜻을 심어준 것이다.

"아…… 이, 이건 아무것도 아니에요."

'제길.'

어색한 연기.

이곳에 자리한 다른 여인들을 비웃는 정하얀의 표정은 내가 봐도 띠껍게 느껴질 정도였다. 저렇게 귀엽게 생긴 얼굴이 이렇게 얄미워 보이기도 힘들 거라고 장담할 수 있다.

아무것도 아니라고 말하지만 절대 아무것도 아닌 표정이 아니다.

다른 이들의 얼굴도 다르지 않다. 모두가 절대반지라도 본 것처럼 움찔하는 것이 보였다.

수면 아래 묻어두고 있었던 문제가 갑작스레 수면 위로 올라온 것이다.

들키면 안 될 것이라도 들킨 것처럼 소중히 반지를 손가락에서 뺀 이후에 조용히 품에 집어넣는 꼴이 가관이다.

카스가노 유노는 뚫어지게 그것을 바라보고 있었고 이미 반지에 대해 알고 있던 엘레나 역시 씁쓸한 얼굴로 그 모습을 바라보고 있었다.

"무슨 반지야?"

"아, 아무것도요. 그, 그냥 오빠가 선물해 준 거."

"그러니까. 뭔데?"

"비, 비밀이에요. 두, 둘만의 비밀. 헤헤."

"……."

"둘만의 비, 비밀이니까. 절대로 말하면 안 되거든요."

차희라의 말에는 싱긋 웃으며 대답해 주는 정하얀의 모습은 가히 압도적이다. 지금까지 내가 내 정적들에게 한 도발보다, 방금 정하얀의 말이 더욱 대단하게 느껴질 정도.

유치하고 어처구니없는 도발이기는 하지만 이런 종류의 도발은 먹힐 수밖에 없는 게 사실이다.

하지만 의외로 차희라는 제법 유순한 태도를 취하고 있었다. 도발에는 어울려주지 않겠다는 어른의 기개가 느껴진다.

'역시 우리 희라 누나!'

카스가노 유노와 엘레나는 조금 부러워하는 것 같기는 했지만.

'쟤네들한테도 한마디씩 하긴 했었지.'

정확히 기억은 나지 않지만 소중한 사람, 함께 있고 싶다 따위의 말을 지껄인 적이 있는 거로 기억한다.

아마 저들은 그 기억을 되새기고 있을 게 분명하다. 틀림없이 부럽기는 하지만 괜찮다고 속으로 자신을 다독이고 있는 게 느껴졌다.

'괘, 괜찮은 것 같은데…….'

조혜진이 폭탄을 떨어뜨린 것치고는 제법 나쁘지 않은 결과. 식사가 끝날 때까지 별다른 사건은 터지지 않았고 그렇게 상황이 마무리되는 듯했다.

"그럼…… 자리에서 일어날까?"

"네."

"바로 린델로 가는 건가요?"

"저는 실리아로 가게 될 것 같습니다, 엘레나 님."

"네. 만나서 반가웠습니다, 카스가노 유노 님. 조심히 들어가세요."

"자기. 그리고 세컨드. 빨리 와. 시간 없다며?"

차희라가 앉아 있던 테이블의 한쪽이 종잇장처럼 뜯어져 꼬깃꼬깃 접힌 채 버려져 있는 걸 목격하기 전까지는…….

'저 식탁 쇠로 만들어진 거잖아. 슈바…….'

차희라가 웃는 게 웃는 게 아니라는 걸 금방 깨달을 수 있었다.

정확히 말하면 특수 금속으로 만들어진 테이블이었다. 오리하르콘이나 미스릴 같은 전설 등급의 금속은 아니었지만 그래도 쇠는 쇠다.

최소 영웅 등급 이상의 판정을 받아 무기로 가공해도 나쁘지 않을 퀄리티의 자재. 이딴 자재로 테이블을 만들었다는 것도 황당하지만 그걸 손으로 쥐어 으스러뜨린 근력을 목도하니 당황과 공포의 감정이 교차하고 있었다.

'아, 맞아. 얘 이런 애였지.'

단순히 금속을 베어내거나 마법으로 형태를 변형시키는 게 가능한 이들은 넘쳐나겠지만 단순한 완력만으로 이런 게 가능한 건 전 대륙을 뒤져봐도 5명이 채 안 될 거라고 단언할 수 있다. 심지어 마력을 일으키는 낌새도 느껴지지 않았다. 순수 손가락으로만 이 광경을 이루어냈다는 거다.

당황스러운 표정으로 그 광경을 바라본 것도 잠시, 이윽고 들려온 목소리에는 괜스레 더 그녀의 눈치를 살필 수밖에 없었다.

"뭐 해? 빨리 오라니까. 집에 갈 시간이잖아. 응?"

"……."

"뭐 해? 자기."

"으응. 지금 갈게."

분명히 표정에는 변화가 없다. 하지만 미묘하게 일그러진 것 같은 얼굴은 차희라가 얼마나 기분이 안 좋은지 알려주는 것 같다.

폭발하지 않은 건 이런 일에 화를 내는 게 얼마나 부끄러운 일인지 인지하고 있기 때문. 그 말 그대로, 정하얀의 어린아이 같은 도발에 대응하기에는 차희라라는 이름이 가진 위치가 어울리지 않는다고 생각하는 것이 틀림없으리라.

생각해 보면 차희라가 화내는 걸 본 적이 없다. 기껏해야 정하얀을 비롯한 몇몇이 자신에게 이빨을 드러냈을 때 경고를 하는 정도뿐. 그마저도 결국에는 웃으며 매끄럽게 넘어갔고 한 번 상황이 마무리된 이후에는 지난 일에 대한 언급도 없다.

말하자면 대인배 중의 대인배요, 위인 중의 위인이다.

'이건 뒤끝이 있다는 건데…….'

불만이 있으면 그 자리에서 말하고 기분이 나쁘다면 그 자리에서 표현했어야 했다. 나뿐만이 아니라 모두가 차희라를 그런 사람으로 생각한다.

속 안에 꽁하고 숨겨놓은 게 있다는 것만으로 갑작스레 불안감이 증폭하기 시작했다.

이 사실을 아는지 모르는지 정하얀은 승자의 미소를 흘리며 당당하게 붉은 머리의 옆을 지나가는 중.

흥분한 야수가 갑작스레 손을 들어 정신 나간 마법사의 뚝배기를 부술지도 모른다고 생각하니 괜스레 등 뒤가 부르르 떨린다. 파국도 그런 파국이 없으리라.

더욱더 무서운 것은 최악의 베드엔딩이 그게 아닐 수도 있다는 것.

'이건 바로 케어해야 돼.'

눈 가리고 아웅이겠지만 이건 케어하는 게 맞다.

식사를 마치고 나온 이후, 오스칼과 마를린, 카트린 의원들을 비롯한 이기영 인맥 군단과 뜨거운 작별인사를 나눌 때도 괜스레 차희라를 신경 쓰기 시작했다.

조혜진이 그리폰 위에 올라타 어서 자신의 뒤에 타라 고갯짓을 했을 때 조심스레 입을 열 수밖에 없었다.

"저는 차희라 님과 함께 타고 가겠습니다."

"네, 부길드마스터."

조금이라도 섭섭해했으면 기분이라도 좋으련만 내 말에 조혜진은 밝은 얼굴로 고개를 끄덕이기 시작.

오히려 울상이 된 것은 정하얀 쪽이다. 이건 아니라는 듯이, 다시 한번 생각해 보라는 듯이 애타는 눈빛으로 나를 바라보고 있었지만 이번만큼은 어쩔 수 없다.

뿌린 대로 거두는 법. 힘의 균형은 유지되어야 한다. 어느 한쪽으로 쏠리거나 균형이 무너지는 순간 내 신체의 균형 역시 무너질 수도 있다. 정확히는 좌우 균형이다.

"그럼 주인님, 박물관 건으로 린델에 한번 찾아뵙겠습니다."

"그렇게 하도록 해. 유노."

"네."

남들에게 들리지 않을 정도로 대화를 나누곤 곧바로 실리아로 향하는 카스가노 유노를 보낸 이후 곧바로 붉은 머리에게 발걸음을 옮겼다.

나를 바라보는 표정이 왠지 모르게 싸늘하다. 한 대 쥐어박고 싶어 하는 듯하다.

물론 그런 사고는 벌어져서는 안 된다. 차희라가 한 대 쥐어박는 순간 내 뚝배기는 두부처럼 터져 버릴 것이다.

"왜? 세컨드랑 타고 가지. 응?"

"아니, 그냥. 겸사겸사 할 말도 있고……."

"무슨 말?"

"뭐, 딱히 정확히 말이 있다기보다는 누나랑 둘만 시간 보낸 게 언젠지 잘 기억이 안 날 정도라서…… 유유자적하게 그리폰 위에서 대화를 즐기는 것도 나쁘지 않을 것 같아서…… 그래서……."

"……."

"……."

"올라타."

"……."

슬그머니 눈치를 본 것은 당연지사. 그만큼 쫄리는 상황이었다. 이후 정하얀의 향후 행보가 걱정되기는 했지만 지금 당장은 불길이 치솟은 곳을 달래주는 것이 중요하다.

정하얀과 우리 엘프 공주님, 조혜진을 태운 그리폰이 하늘로 솟아오른 직후에는 천천히 누나가 타고 있던 그리폰도 떠올랐다.

밑에서 열렬하게 손을 흔들고 있는 팬클럽 여러분에게는 웃어주었지만 내 입가에 웃음이 사라지기까지 그리 오래 걸리지는 않았다.

'그래. 얘도 한번 케어해 줄 때가 됐어.'

린델 최고의 무력집단을 거느리고 있는 이 여편네의 중요성은 이미 어느 정도 성공을 거둔 지금의 내게는 크게 중요하지는 않지만, 그래도 차희라는 차희라고 붉은 용병은 붉은 용병이다.

여전히 린델 내에서 중요한 포지션으로 자리 잡고 있는 것은 물론 권력의 한가운데 있다. 내가 조금 컸다고 한들 마음대로 대할 수 있는 상대가 아니라는 거다.

처음 들어왔을 때부터 여러모로 이쪽을 도와준 의리를 생각하면 매몰차게 떨쳐낼 수 있을 리 만무. 아니, 애초에 그녀를 떨어뜨리려고 했다간 내 머리가 먼저 떨어질 가능성이 농후하다.

린델로 돌아가는 내내 입을 꾹 닫고 있는 모양새는 가관. 솔직히 차희라가 이런 모습을 보여줄 거라고는 상상도 하지 못했다.

'의외로 귀여운 면도 있네.'

그녀의 평소 모습을 생각하면 이렇게 살짝 삐진 모습을 보여준다는 것 자체가 생소하다.

물론 그런 감성적인 감정은 잠시 넣어둬야 할 때였다. 지금은 어떻게 이 용병여왕의 기분을 풀어줄까를 먼저 생각해야 한다.

'어떻게 하지.'

생각해라, 빛기영. 자존심 같은 건 신경 쓰지 마. 내가 이런 태도를 보였을 때 정하얀이 어떤 행동을 했는지 떠올려.

정답은 정해져 있다. 이런 게 통할지, 아니, 이런 걸 내가 할 수 있을지는 잘 모르겠지만 일단 얼굴에 철판을 깔아보는 거야.

"내가 누나 많이 좋아하는 거 알지?"

"……."

"고맙기도 하고…… 솔직히 여기까지 온 게 누나 덕분이잖아. 처음에 만났을 때도 날 많이 믿어줬고."

애교. 어쩌다 보니 삐진 남친을 풀어주는 여친의 포지션이 된 것 같았지만 차희라에게는 이 방법이 효과적이다.

그녀가 원하는 건 자신을 이끌어줄 사람이 아니었으니까. 애초에 그런 걸 바라고 있었다면 나에게 접촉하지도 않았을 것이다.

목소리에 잔뜩 애교를 묻히고 살살 그녀를 간질인다. 머리를 등에 비벼 보기도 하고 허리를 꽉 잡은 손을 배 쪽으로 옮겨 깍지를 낀 채 은근슬쩍 자극한다.

어울리지는 않지만 최대한 교태를 부려 그녀의 청각을 자극했다. 조혜진이었다면 나를 그리폰에서 밀어내 버렸겠지만 내 고유 기벽에 효과를 받는지 몸을 자꾸만 움찔거린다.

'키야. 이거 호스트바에서 일해도 되겠네. 네가 최고다.'

아무래도 조금은 재능이 있었던 모양. 왠지 모르게 분위기를 타기 시작한다.

여포와 동탁을 손에 들고 가지고 논 초선의 기분이 이러할까. 세상을 가지고 논 양귀비와 클레오파트라의 심정이 이러할까.

괜스레 치명적인 놈이 된 것처럼 코스프레를 해대는 건 내가 생각해도 역겨웠지만, 반응이 좋으니 신이 날 수밖에 없는 상황이다.

'섹스심볼 이기영!!'

나 자신에게 구역질이 나오기는 하지만 동서고금 남녀불문하고 이런 앙탈은 실패하는 법이 없다.

"화 풀어, 누나아."

"……."

"그럴 수밖에 없는 상황이었어. 그리고 단순한 선물이었고 하얀이가 많이 안 좋은 일이 있었어서 기분 풀어주려고 준 거야. 누나도 알고 있잖아. 내가 누나 많이 좋아하는 거. 그렇지?"

"……."

"누나 붉은 입술도, 붉은 머릿결도 전부 다 너무 좋아. 항상 당당한 모습도 그렇고. 정말로 화난 건 아니지? 내가 오바하고 있는 거지?"

'근데 얘는 왜 이렇게 말이 없어. 진짜 극대노하기라도 한 건가.'

"어쩔 수 없다는 거 알고 있잖아. 나도 물론 누나가 첫 번째라고 생각하고 있기도 하지만……."

'진짜 삐졌나?'

뒷모습만 보이니 그녀가 어떤 반응을 보일지 알 수가 없다. 꽤 오랜 시간이 흘렀음에도 여전히 이런 포지션을 취하고 있는 것을 보니 이 필살기가 먹히지 않는 모양.

결국에는 현성이가 사준 샤넬리아 에르메스의 가방에 손을 집어넣을 수밖에 없었다.

'쓸 만한 반지가 있나.'

준비가 되지는 않았지만 준비한 것처럼 시도하는 게 중요.

혹시나 정하얀이 폭주할 일이 있을까 봐 여러 가지 뇌물을 가방에 집어넣었건만 마땅히 쓸 만한 게 손에 잡히지 않는다.

초조함에 고개까지 빼꼼 내밀며 물건을 찾자 마침 그녀와의 상징도 같은 붉은색 반지가 눈에 띄었다.

반지를 꺼낸 이후에는 슬그머니 그녀의 한쪽 팔을 어루만졌다. 아직도 이쪽을 돌아보지 않았지만 순순히 한쪽 팔을 이쪽에 떠넘기는 걸 보니 이런 스킨십이 싫지는 않은 모양이다.

물론 진짜는 지금부터. 설마 반지를 끼워줄 거라고는 상상도 하지 못하고 있음이 분명했다. 자신의 왼손으로 들어가는 차가운 금속을 느꼈는지 몸이 조금 움찔하는 것이 보인다.

녀석을 완벽하게 밀어 넣자 천천히 팔을 빼내어 자신의 손을 보는 모습은 왠지 모를 설렘이 느껴졌다.

'여기서 결정타.'

소녀처럼 폭 안긴 이후.

"차희라, 사랑해. 정말로 사랑해."

반 정도는 진심인 말을 중얼거린다. 뭔가 예상할 수 없는 일이 일어난 것은 바로 그 직후.

"어?"

갑작스레 잘 날아가고 있던 그리폰이 경로를 이탈한 것. 먼저 가고 있던 선발대는 현재의 상황을 눈치채지 못했지만 경로를 이탈한 그리폰들은 전속력으로 아래로 떨어지고 있었다.

'뭐야. 이게 뭐야.'

혹시나 벌집을 건드린 것은 아닌지 긴장한 게 사실. 하지만 적의는 느껴지지 않는다.

"누, 누나?"

목소리는 들려오지 않았다. 다만 들려오는 것은 계속해서 거칠어지고 있는 숨소리.

'개…….'

만약 그리폰 레이스가 있다면 트로피를 들어 올릴 것만 같은 경기력이다.

단숨에 지상으로 내려온 그리폰은 내가 알 수도 없는 장소에 들어가는 것으로 모자라 이상한 동굴을 거쳐 계속해서 저공비행을 하기 시작한다.

'여기가 어디야…….'

아마도 버려진 던전 안. 지금 이곳이 어딘지, 알고 가는 건 맞는지 확신할 수 없다. 지금 내가 할 수 있는 것은 그녀를 꽉 껴안은 채 온몸으로 바람의 저항을 견디는 것뿐.

마침내 그리폰이 알 수 없는 장소에 도착했을 때, 꽉 감았던 두 눈을 떠 주변을 둘러볼 수 있었다.

"여기 어디야?"

꽉 막혀 있는 것은 물론 한 치 앞도 보이지 않는 어두컴컴한 장소.

"라이트……."

조심스레 불을 켜자 정말로 작은 던전 같은 공간이 눈에 띈다. 하지만 그보다 눈에 띄는 것은 눈동자가 붉어진 채 나를 바라보고 있는 한 마리 짐승. 충혈된 것도 모자라 핏발이 선 눈으로 이쪽을 응시하고 있다.

"난 이럴 생각 없었어. 근데…… 네가 먼저 유혹한 거야."
"어?"
"자기가 먼저 유혹한 거라고."
"어어?"

균열 박물관에서 고대신을 마주친 것만 같은 압박감. 몸이 굳어 제대로 움직여지지 않았고 천천히 이쪽으로 다가오는 차희라의 얼굴이 보였다.

갑작스레 진청의 마지막 대사가 생각나는 건 기분 탓이 아닐 것이다.

'언젠가 네가 저지른 짓들이 너를 좀먹는 날이 올 거다.'

이 새끼가 이걸 말한 건 아니겠지.

'살았구나, 슈바. 살았구나. 기영아. 해냈다. 살았구나.'

천천히 눈을 뜬 뒤 처음 든 생각. 이만큼 살아 있다는 것에 대해 감사한 날도 없으리라.

승리의 혼잣말을 내뱉으려고 했지만 목이 완전히 말라버렸는지 목소리조차 나오지 않는다.

왠지 모르게 숨을 쉬기가 힘들어져 허겁지겁 손을 뻗어 포션을 열었지만 부들부들 떨리는 손 때문인지 잘 열리지 않는다.

몸 전체의 기력이 극도로 쇠약해진 느낌. 지금 이 시기를 놓치면 골든타임을 놓치는 게 될 것 같은 기분에 초조해진다.

서서히 생명의 불씨가 사그라지는 것이 느껴졌을 때 기적적으로 포션병이 열렸다.

벌컥벌컥 소리와 함께 생명수와도 같은 녀석들이 안으로 쏟아지기 시작.

물론 이것만으로도 전부 회복했다고 볼 수는 없지만 응급처치는 한 것이다. 마치 사우나를 한 뒤에 이온음료를 마실 때의 쾌감이 든다.

"죽을 뻔했다."

농담이 아니다. 정말로 죽을 뻔했다.

사실 어제 일이 어떻게 됐는지도 제대로 기억나지 않는다. 처음 몇 시간 이후에는 곧바로 리타이어.

중간중간 잠에서 깨기는 했지만 기억나는 것은 오롯이 찰랑거리는 붉은 머릿결과 위에서 나를 바라보는 붉은색 눈동자였다.

어처구니가 없어 헛웃음이 나왔다는 건 굳이 설명할 필요도 없으리라.

물론 행복한 시간이기는 했다. 심지어 이상하게 뒤집힌 상황에 약간의 흥분까지 느낄 수 있었지만…… 그것도 처음이 끝. 현재 몸 상태는 대륙으로 온 이후 최악이라 해도 과언이 아닐 정도였다.

마치 정기가 다 빨려나간 느낌. 몸무게를 재보지는 않았지만…… 단언컨대 5kg 이상이 빠졌으리라.

더욱 최악인 것은, 아니, 이건 아니다. 아무튼 간에 몸 상태가 정상이 아니라는 거다.

'어쩌지.'

이 당혹스러운 상황에서 걱정되는 것은 단연 정하얀의 존재였다. 아마 중간부터는 차희라와 내가 경로를 이탈해 이상한 곳으로 들어갔다는 것을 깨달았을 터. 울고불고 생난리를 치지 않을까 걱정되기는 했지만 이곳으로 찾아오지 않았다는 것도 신기하다.

아니, 아마 찾아오지 않은 게 아니라 찾아오지 못했을 것이다. '않았다'는 건 정하얀의 선택지에 존재하지 않는다.

모종의 이유로 이쪽의 좌표를 잃어버렸거나 아니면 현재 나와 차희라가 있는 이곳이 그녀가 입장할 수 없는 장소라는 거다.

'던전인가?'

총 수용 인원이 2인밖에 안 되는 던전? 아니면 탐지 마력이 닿지 않는 장소?

어느 쪽이든 상관없지만 돌아갔을 때의 파장을 생각하니 다시 한번 머리가 지끈거렸다.

내가 없는 린델에서 벌어지고 있을 상황이 두려운 것은 당연지사. 옆쪽에서 목소리가 들려온 것은 바로 그때였다.

"일어났어, 자기?"

"아…… 으응."

"미안해. 내가 좀 심했지?"

"아니야. 나도 좋았어."

생명의 위협을 느꼈다는 게 문제지만.

"그렇다니 다행이네."

가까이에서 본 차희라의 얼굴은 정말로 좋아 보였다. 최근에 보였던 푸석푸석한 머리카락과 피부는 마치 새로운 생명을 얻은 듯했고 다크서클도 완벽하게 사라져 있었다.

비포와 애프터를 구분할 수 있을 정도로 명확하게 달라진 얼굴은 나 역시 탄성을 자아내게 할 정도. 세상만사 오만 걱정과 모든 스트레스를 날려 버린 것으로 모자라 영양제라도 맞은 모습이다.

현재의 차희라는 그야말로 베스트 컨디션. 생명의 어머니라도 내려와 축복을 내린 모양새였다.

"기다려. 아침만 먹고 가자."

"아침까지?"

"대단한 건 아니야. 대충 기분만 내본 거지 뭐. 아니면 아침 먹고 가볍게 운동이라도 한 다음에 출발할까, 자기?"

죄 없는 동물을 노리는 베어그릴스의 눈빛. 소중한 단백질 공급원이 되기 전에 어서 빨리 이곳을 벗어나야 한다는 걸 깨닫는 것은 순식간이다.

“아니야. 바쁘다고 했잖아. 안 그래도 할 일 많은데……. 그나저나 누나 정말로 좋아 보이네.”

괜스레 목소리의 끝이 떨린다.

“내가 욕구불만이라고 이야기했었지? 어제까지만 해도 머릿속에 먹구름이 낀 것 같은 느낌이었는데 지금은 완벽하게 깨끗한 느낌이야. 완벽해. 정말로.”

대신 내 육체의 피곤과 고통을 등가교환 했지.

사실 그나마 다행이라고 생각한 것은 이 장소에 차희라와 함께 있다는 것. 진지하게 말하건대, 만약 이런 장소에 정하얀과 함께 있었다면 지금처럼 여유롭게 있을 수 없었으리라.

혹시나 이곳에 나를 가두지는 않을지, 따위의 온갖 걱정을 했어야 했을 테니까. 적어도 차희라는 그런 미친 생각은 하지 않는다.

‘근데 너 표정이 왜 그래. 이상한 거 고민하지 마. 나 가두지 마. 씨바. 가두지 말라고…….’

고심 끝에 결국에는 몸을 일으킨 차희라의 모습이 시야에 들어왔다.

어제 입었던 옷을 그대로 갖춘 채 자꾸만 아쉽다는 듯이 이 장소를 바라보지만 서둘러 나가길 바라는 내 요청에 어쩔 수 없이 발걸음을 옮길 수밖에 없었다.

"파란에는 연락해 뒀어."

"언제?"

"새벽 5시쯤. 잠깐 자기가 정신 잃었을 때. 쓸데없는 걱정을 하지는 않겠지만 문제가 있을 수도 있으니까. 그리고 자기."

"응?"

"이 반지 청혼 반지라 봐도 되는 거지?"

"……."

"……."

"……비슷해."

물론 아니라고 말하고 싶었다. 하지만 방금 그곳으로 다시 돌아갈 수도 있을 것 같은 불길한 예감이 들어 전력으로 고개를 끄덕일 수밖에 없었다.

내 생각을 알고 있는지는 모르겠지만 차희라는 뿌듯하다는 얼굴로 계속해서 왼손 약지에 장착된 반지를 바라보는 중.

오늘따라 유난히 발걸음이 가벼워 보이는 이유는 어제 있었던 사건뿐만이 아닐 거라고 생각했다.

"그런데 여긴 어디야?"

"나도 몰라. 던전 비슷한 곳 같던데. 몬스터도 몇 마리 있기는 하더라. 지금은 없지만. 아, 그리고 바쁘다는 건 균열 랜드 이야기?"

"맞아. 안 그래도 지금 그거 손보러 가야 해. 던전 자체는 무리 없이 개장할 수 있을 것 같은데 아무래도 서브 콘텐츠들이 부족하거든. 가서 사업 이야기해야지. 계획서는 대충 머릿속에 있기는 한데 실행하는 건 또 다른 이야기니까."

"대충 뭐랑 뭐?"

"던전 외에 팔아먹을 게 좀 많아? 그 앞에서 장사하면 100% 대박 나, 누나. 대충 박물관 불고기, 박물관 백숙 어쩌구 이름 지은 다음에 원래 가격에 두 배, 아니, 세 배를 받아먹어도 장사가 될걸? 전투식량이나 포션 같은 던전 보급품은 말할 것도 없고…… 던전특구, 관광특구, 경제특구 같은 헛소리도 낭낭하게 집어넣어 가격도 때려 버릴 수도 있고. 전형적인 어느 나라 장사 방법이기는 하지만 뭐 어쩌겠어. 대체재가 없는데. 무조건 대박 나. 무조건."

"너무 피 빨아 먹는 건 아니고?"

"정당한 이용료를 지불받을 뿐이야. 던전이 사라진 세상에서 유일무이한 몬스터 던전이 되는 건데 폭리 좀 취하면 어때. 더군다나 그 던전을 관리할 사람도 나밖에 없는 상황에서. 오히려 양심 장사라니까? 이거 무조건 양심 장사야."

"규모가 좀 큰 걸 생각하고 있나 본데…… 초기 투자 비용은 좀 들겠네."

"파란에 저장되어 있는 자금으로 하기에는 조금 무리가 있긴 하지만……."

"붉은 용병에 있는 것도 가져다 써."

"뭐? 진짜?"

"대충 투자라는 개념이라고 보면 될 거야. 네 말 들어서 손해 본 적도 없고 어차피 네 돈이 내 돈이고 내 돈이 네 돈인데, 뭐. 부담 느끼지 말고 가져다 쓸 수 있는 만큼 가져다 써. 다른 건 걱정하지 말고. 인력 쪽도 내가 어떻게 손봐줄 테니까 걱정하지 말고 필요한 거 있으면 말만 해, 자기."

'키야. 기브 앤 테이크 확실하네. 그래! 결혼하자, 희라야! 결혼 가즈아!!'

물론 한번 해본 생각에 불과하다. 하지만 방금 차희라의 발언은 진지하게 그런 생각을 해볼 만하게 만들 정도였다.

'역시 여자는 능력이 있어야 해.'

본래 차희라가 너그럽고 쿨하기는 했지만 거기에 플러스로 따뜻함과 상냥함이 추가된 것만 같았다. 그리폰에 올라탈 때부터 린델로 향할 때까지, 차희라의 상냥함은 계속되고 있었다.

하지만 행복 회로가 맹렬히 돌아가고 있던 것도 잠시, 점점 린델에 가까워질수록 버리고 괜스레 쓸데없는 걱정을 할 수밖에 없었다.

버리고 온 폭탄이 생각났기 때문이다. 최근 정하얀이 조금 얌전해지기는 했지만 그래도 정하얀은 정하얀. 꺼진 정하얀도 다시 봐야 한다. 언제 다시 그 불씨가 위로 올라올지는 그 누구도 예측할 수 없다.

하지만.

'별문제 없겠지.'

대놓고 발광하진 않았으리라. 그래도 계속되는 반복 학습 끝에 내가 그런 모습을 싫어한다는 것 정도는 인지하고 있을 테니까.

그러나 비행시간이 길어지면 길어질수록 점점 더 초조해지는 것은 당연지사.

아니나 다를까. 저 멀리 앉아 있는 한 인형의 모습이 보이기 시작했다. 계속해서 말을 걸어오는 따뜻한 차희라의 목소리도 들리지 않는 상황. 착륙장의 한쪽에서 양 무릎을 모은 채 이쪽을 기다리고 있는 이의 모습은 틀림없이 정하얀이다.

멀리서부터 그리폰을 발견했는지 우다다 달려오고 있는 모습이 왠지 모르게 측은하게 느껴졌다.

'그래……. 네가 뭔 잘못이 있겠냐. 전부 내가 쓰레기지. 그래도 이번에는 제발 조용히 넘어가자.'

마침내 그리폰이 린델로 떨어졌을 때 우다다 달려온 정하얀이 나에게 폭 안겨오는 것이 시야에 비쳤다.

"……."

아무 말 없이 계속해서 품에 안기려는 모습이 왠지 모르게 귀엽다. 하지만 내 가슴에 얼굴을 묻은 채 차희라를 바라보는 시선은 귀엽지 않다.

미치광이로 돌변하기 일보 직전의 눈빛이 가관이다. 경고가 생각났는지 살기는 띄우지 않았지만 그래도 오한이 들기는 매한가지였다.

"이야기는 들었지? 잠깐 깜빡하고 있었던 볼일이 있어서 자기랑 던전에 좀 다녀왔어. 세컨드도 한번 다녀오는 게 좋겠네."

적어도 정하얀과 내가 그 장소에 들어갈 일은 없다. 높은 확률로 명예추기경 실종이라는 기사가 헤드라인에 뜰 확률이 높다.

아무튼 간에 차희라는 나를 한번 안아준 것은 물론 심지어는 정하얀의 어깨까지 툭툭 두드렸다. 반지를 낀 손으로. 조금이지만 구겨진 프라이드를 회복한 것이다.

"그럼 나는 먼저 간다. 자기."

그리고 남은 한쪽의 자존심이 구겨졌다. 억울하고 분한지 꾸역꾸역 튀어나오는 눈물을 입술을 깨물어 가며 어떻게든 막고 있었지만, 계속해서 눈물은 멈추지 않는다.

'이거 진짜 어떻게 해야 되냐?'

더욱더 가슴 아팠던 것은 지금 일어난 이 신경전이 싸움 측에도 끼지 않는 유순한 신경전이었다는 것. 나를 둘러싸고 있는 광년들이 전력으로 부딪쳤을 때 무슨 일이 일어날지 상상하기 힘들었다.

정하얀, 차희라 두 괴물을 제외하고서도 그렇다. 카스가노 유노는 그나마 이쪽을 맹목적으로 따르고 있지만 최후의 승자 선언을 한 이지혜도 다른 종류의 괴물이다.

'아니. 차라리 이지혜가 제일 나아.'

그나마 가장 현실 감각이 있으니까.

조용히 지내기는 했지만 우리 엘프 공주님도 뭔가 마음의 병을 안고 있는 느낌.

"아무 일도 없었어. 정말로 볼일이 있어서 그런 거야, 하얀아. 미리 말 못 해서 미안해. 오늘은 일 끝나고 연극이라도 보러 갈까? 균열 랜드 일만 마무리한 다음에 바로 올게. 아마 몇 시간 안 걸릴 거야."

"……."

"그만 울어. 이해할 수 있지?"

끄덕끄덕.

"어제부터 계속 여기 나와 있었던 건 아니지? 빨리 들어가서 한숨 자자, 하얀아. 피곤할 텐데. 방까지 데려다줄 테니까."

끄덕끄덕.

"착하지."

"오."

"……."

"오, 오빠……."

"응?"

"우, 우, 우리. 우리 결혼 언제 해요? 결혼…… 결혼한다고 했잖아요. 네?"

그래도 얘가 제일 무섭다.

"끄으윽. 결혼한다고 했잖아요……. 끄으으으윽."

약발이 조금씩 떨어지고 있다는 걸 깨닫는 순간이었다.

121장
생명의 위협

물론 이 약발이 벌써 떨어졌다는 건 말도 안 되는 이야기다. 장담컨대 이 결혼 드립은 정하얀에게 신화 등급의 포션이요, 엘릭서에 가까운 만병통치약이다. 조금 과장해서 말한다면 그 어떤 화도 가라앉힐 수 있는 지고의 영약이라 표현해도 손색이 없으리라.

'너무 풀어놓은 건가.'

지난 시간이 조금은 후회될 수밖에 없었다. 그동안 정신없이 바빴다고는 하지만 관리를 소홀히 한 느낌이 들었기 때문.

물론 엘레나와 함께 살라트의 뱃속에 있었을 때는 어쩔 수 없기는 했지만.

'아니, 그것도 아니야. 생각해 보면 꼭 그런 것도 아니지.'

막 자기반성을 시작하려는 타이밍이었지만 지금껏 내가 한 일을 생각해 보면 그렇게 소홀한 것도 아니다.

정하얀이 정신을 놓았을 때가 얼마나 무서운지 알고 있는 만큼 그 바쁜 시간에도 어느 정도는 시간을 투자해 그녀를 다독이는 자리를 가졌었다.

이를테면 짧은 데이트. 그 정신없는 와중에도 쉬는 시간에는 항상 정하얀을 끼고 있었고 심지어는 틈틈이 스킨십을 하며 마음의 안정을 찾아주는 시간을 가지기도 했다.

나 나름대로 최선을 다해 그녀를 케어했다는 거다. 평소였으면 이 정도로 충분히 그녀를 만족시킬 수 있었을 터.

이렇게 현타가 빠르게 찾아온 것은 어쩌면 그녀의 전체적인 기대치가 올라갔기 때문일 수도 있다고 생각했다.

손을 잡거나 입을 맞추는 것, 함께 여가활동을 즐기거나 식사하는 것. 본래대로였다면 이런 시간을 가지는 것만으로도 만족할 수 있었겠지만, 결혼이라는 약으로 인해 제한선이 높아진 것이다.

한 번 강한 약을 투여받으니 강한 면역력을 가지게 된 것과 같은 이치. 더 이상 어정쩡한 약은 듣지도 않게 된 것과 일맥상통.

호의가 계속되면 권리인 줄 안다는 누군가의 명대사처럼 그녀 역시 이쪽의 호의를 당연한 권리로 받아들이고 있었다.

나는 예비 신부니까 당연한 거야. 나는 예비 신부니까 이 정도는 해줘야지. 이제 이런 거는 당연한 거구나. 맞아. 이제는 당연한 거야.

내가 정확히 정하얀이 무슨 생각을 했는지는 알 수 없지만 아마 대충 이런 생각이지 않을까.

'진도를 잘 조절했어야 했는데.'

뭔가 광기에 물든 것 같은 정하얀의 얼굴을 바라보니 내 쪽에서 실수가 있었다는 걸 깨달을 수 있었다. 라이오스에서 투여한 약은 확실히 그 시점에서 사용하기에는 너무 이른 수였다.

그동안 당연한 권리였던 걸 다시금 회수하는 게 어떨까 하는 생각이 들기도 했지만 정하얀의 얼굴을 본 시점에서 그 의견은 아웃.

줬다 뺏는 게 가장 치사한 일이라는 걸 알고 있기 때문에 방금의 생각을 배제한 것이 아니다. 정하얀 자신이 응당 누려야 할 것이라고 생각했던 권리들을 하나씩 빼앗아 간다면 아마 이쪽이 골치 아파지는 일이 벌어질지도 모른다.

"결혼한다고 했잖아……. 끄으으윽."

머릿속으로 상상하기 싫은 장면을 떠올리고 있는 중에도 사기꾼에게 사기를 당했다는 듯 울부짖는 정하얀의 모습은 가관 중의 가관.

얼굴에 차희라에 대한 원망과 나에 대한 불신이 서려 있었다. 좀처럼 보기 힘든 모습이다. 대놓고 적의를 드러낸 것은 아니었지만 어찌 됐건 이쪽에 불만을 표현한 것이나 진배없었으니까.

“지금은 바쁘다고…….”

“결혼한다고 했잖아요……. 끄어어억. 언제 할 건데……. 언제. 어, 언제!”

‘얘 목소리 높이는 것 좀 봐. 미쳤나 봐.’

“그렇게 목소리 높인다고 해결될 일이…….”

“끄으으으윽. 차희라 너무 싫어. 너무 싫어어. 너무우으으으!”

‘네가 먼저 도발했잖아.’

심지어 혼잣말까지 한다. 너무 작아 잘 들리지는 않았지만 분명히 혼잣말을 하고 있다.

평소 정하얀이 내게 소리를 지른다는 건 상상할 수도 없는 이야기. 현재 그녀가 극도의 흥분 상태에 있다는 것을 깨달을 수 있었다.

‘소리라도 질러야 하나?’

커다란 힘은 더 커다란 힘으로 제압해야 하는 법. 조선 시대에 태어난 양반 가문의 8대 독자처럼 어딜 감히 언성을 높이느냐 소리를 지르고 싶었지만, 나를 바라보고 있는 정하얀의 눈은 모진 고문에도 굴복하지 않은 충신처럼 흔들리지 않고 있었다.

‘개 무서워.’

마치 폭탄이 터지기 일보 직전의 상황.

"누가 그렇게 목소리 높이래!"

당황한 마음에 저도 모르게 커다란 소리가 나오기 시작했다.

"끄으으으윽."

하지만 입술을 꽉 깨물고 팔을 덜덜 떨고 있는 모습에 이건 통하지 않는 수라는 생각이 들기 시작. 이미 내 목소리가 들리는 상태가 아니다.

김현성이라도 불러와 이 망나니를 제압해야 하는 생각이 드는 것은 당연지사.

몸을 조금 뒤로 빼고 싶건만 내 옷깃을 붙잡은 그녀의 몸은 움직일 생각을 하지 않는다. 지금 내가 있는 곳이 만약 밀실이었다면 오줌을 지리고 말았으리라.

'이건 어떻게 해야 하지?'

여기에서 더 강한 약을 투여할 수는 없는 상황. 한 발자국 더 상한선을 높여 버린다면 이후에는 내가 감당할 수 있는 상황을 벗어날지도 모른다.

도끼눈을 치켜뜬 채로 나를 바라보고 있는 정하얀을 보고 있자니 미안한 마음이 샘솟기도 했지만. 일단은 현 상황을 타개할 수 있는 수를 생각할 수밖에 없었다.

'어제처럼 살살 달래볼까? 아냐. 그건 아니야. 제대로 망할 수도 있어.'

혹시나 또 같은 일이 벌어지지 않을까, 걱정하는 게 당연.

유혹의 결과를 내 온몸으로 만끽했던 기억이 머릿속에 들어와 꽂힌다. 하지만.

'이것밖에 없어.'

그리폰 위에 둘밖에 없었던 이전의 상황과는 달리 지금은 린델에 한가운데.

유니콘 사건 때 보았다시피 정하얀은 그 누구보다도 순수한 포지션을 지키고 싶어 한다. 차희라처럼 무턱대고 덮치는 그림은 나오지 않을 거라 장담, 또 장담할 수 있다.

'효과는 이미 입증된 거나 다름없고.'

방법은 조금 다르겠지만 당장 화를 내고 있는 정하얀을 달래기에는 충분하리라.

가슴에 얼굴을 파묻고 있었던 정하얀을 천천히 떼어내자 아직도 눈물이 그렁그렁하다.

내 기준 최대한 고혹적인 미소를 밀어 넣으며 정하얀을 바라보는 것은 물론 얼굴을 가까이 대며 눈가에 입을 맞췄다.

"울지 마, 하얀아."

"끄으으으윽?"

손가락으로 머리카락을 쓸어 넘긴 이후에는 귀를 살살 매만지기 시작.

"지금은 상황이 조금 안 좋다고 이야기했잖아. 업무적인 이야기라면 이해해 달라고 몇 번이나 말했고…… 이런 거로 떼를 쓰면 앞으로 나도 조금 힘들어져."

"아아아……."

별것 아니지만 왠지 모르게 오감을 자극하는 터치다. 예상했던 것처럼 정하얀을 얼굴을 붉게 물들인 채 부들부들 떨기 시작한다. 이대로 다리가 풀려 주저앉아 버리는 것은 아닌지 걱정이 될 정도.

"아으아아아아아."

단언컨대 이쪽이 기대했던 리액션 이상이라 할 만했다. 오줌을 참고 있는 것만 같은 엉거주춤한 자세가 굉장히 신경 쓰이기는 했지만 고개를 끄덕일 만하다.

"나라고 왜 하얀이랑 빨리 맺어지고 싶지 않겠어? 상황이 이렇기 때문에 어쩔 수 없이 참고 있는 거야. 매일매일 네 생각만으로도…… 가슴이 터질 것 같은데. 봐. 이렇게……."

심장의 두근거림은 공포로 인한 두근거림이기는 했지만 귓속에 달콤한 말을 속삭이는 것은 물론 나 나름대로 그녀의 화를 누그러뜨리기 위해 최선을 다한다.

사실 지금까지 정하얀과의 스킨십이 아예 없었던 것은 아니었지만 무언가 형식적이었던 전과 질적으로 다르다는 것 정도는 그녀가 가장 잘 이해하고 있으리라. 최대한 페로몬 팍팍 뿌리려 노력하고 있는 상황이었으니까.

"아으아아아아아아아."

이건 아니라는 생각이 든 것은 바로 그 직후.

"하아. 하아. 하아."

숨소리가 점점 더 거칠어지는 것은 물론 나를 바라보는 표정이 오묘하게 변해가는 눈.

안 그래도 이성을 잃은 눈이 기괴하게 변하고 있다. 왠지 모르게 정하얀의 피부가 홍시처럼 붉게 물들었고 자꾸만 몸을 배배 꼬기 시작. 울고 있는 건지 웃고 있는 건지는 모르겠지만.

'이거 개 망…….'

자꾸만 의식이 흐릿해지기 시작한다.

'어? 나 왜 이래. 어?'

졸음이 쏟아지는 것은 물론 다리가 풀리는 것만 같다. 점점 더 무거워지는 눈꺼풀을 최선을 다해 올려보려고 했지만 계속해서 감기는 눈은 어떻게 할 수가 없을 지경.

'네가 그런 거야? 정하얀?'

마법은커녕 마력을 끌어 올리는 것조차 느끼지 못했다. 차희라의 여파가 지금 찾아온 건지 정하얀 때문인지 모르겠지만 천천히 몸이 앞으로 기울어지기 시작했다. 귓가로 목소리가 들려온 것은 그 덤이다.

"마, 많, 많이 피곤하세요?"

들려온 목소리는 아까처럼 광기에 휩싸이지 않았다. 정말로 걱정하는 눈빛. 하지만 그 안에 깃든 정체를 알아볼 수 있었다. 욕망이 번들거린다.

“제, 제가 모셔다드릴게요. 바, 방, 방까지. 오늘 하루는 푹 쉬어야 되겠다. 헤헤. 히. 히히힛.”

“아…… 응. 갑자기 몸이 너무…… 포, 포션…….”

“머, 먹, 먹여드릴 테니까. 일단은 여, 여기 기대세요. 여기로.”

“지금 당자…….”

“아, 알겠어요…….”

“…….”

“…….”

“…….”

“…….”

“일어…… 나 봐요.”

“…….”

“오빠, 일어나 봐요. 회의한다고 했으면서 뭐예요? 이게?”

“이지혜……?”

눈을 천천히 떴다. 지금이 몇 시인지는 모르겠지만 아직 날이 밝은 것을 보니 정신을 잃은 지 그리 오래된 것 같지는 않다.

정하얀과 함께인 줄 알았건만 내 옆에 자리한 것은 뜻밖에도 이지혜였다. 황당함과 걱정이 공존하는 표정. 일이 어떻게 된 건지 이해하기 힘들었다는 건 굳이 설명할 필요도 없으리라.

‘정하얀은 어디 가고 왜 얘가 있어?’

"어? 정말로 일어났네요? 그냥 한 소리였는데."

"뭐, 뭐야? 나 오래 자고 있었어?"

"3일 동안 잠들어 있었어요."

"뭐?"

"딱 3일 동안 잠들어 있었다고요. 그리고 오빠 정말로 어디 몸 안 좋은 거 아니에요?"

"그게 뭔 소리야."

"교황청에 템플러가 찾아왔다니까요?"

"뭐? 템플러가 갑자기 왜 와?"

"저도 그쪽은 어떻게 돌아가고 있는지 잘 모르는데…… 목숨이 위험할지도 모른다는 신호가 갔다던데요? 상태를 확인하고 괜찮은 것 같다고 말한 뒤에 돌아가기는 했지만……. 그것 때문에 난리 났었어요. 특히나 엘레나, 그 엘프 공주님이 오빠 건강을 살피고 있었던 도중에 그런 거라……. 믿을 수 있는 여자 맞아요? 사제 옆에 있던 사람이 갑자기 목숨이 위험해지는 게 말이 되는 소린가? 아무래도 수상하다니까."

'이건 또 뭔 소리야.'

"갑자기 뭔 엘레나? 아니, 엘레나는 지금 뭐 하고 있어?"

"방금 치료 끝났을걸요. 지금은 쉬고 있을 거예요. 그런데 어디서 자꾸 숲 냄새나지 않아요?"

"잘 모르겠는데……. 그나저나 하얀이는 없었고?"

"3일 동안 잠들어 있었다고 했잖아요. 정하얀이 오빠 데리고 오고 난 이후에 반나절 정도가 지났나? 계속 깨어나지 않는 걸 보고 엘프 공주님이 오빠 상태를 본다고 방으로 들어갔었나 봐요. 그 뒤로 세 시간 정도 지난 다음에는 곧바로 교황청 템플러가 들이닥쳤고요. 저도 템플러 나오는 건 처음 봤는데. 정말 대단했다니까요?"

명예추기경이 된 이후에 그림자도 비치지 않았던 템플러의 첫 출동. 내가 자는 동안 무슨 일이 생겼던 건지 알 수가 없었다. 무엇보다.

'엘레나?'

얘 이름은 또 왜 튀어나오는지. 한 가지 확실한 것은 굉장히 불명예스럽게 베니고어의 곁으로 갈 뻔했다는 것이다. 만약 정말로 목숨을 잃었다면 코미디도 이런 코미디가 없었으리라. 괜스레 씁쓸한 마음이 든 것은 당연지사.

나도 모르게 이지혜의 얼굴을 바라보자 괜스레 몸을 밀착시키는 그녀의 표정이 시야에 비쳤다.

"그나저나 오빠 오늘따라 왠지 섹시해 보이네? 평소에도 그렇기는 한데. 지금은 더……."

'너까지 이러지 마, 슈바…….'

진심 어린 속마음이었다.

122장
re: 제로부터 시작하는
저 세계 생활

기력이 쇠약해 죽는다는 게 어떤 건지 잘 알 것 같다. 3일 동안 내리 잠만 자고 있었을 줄은 상상도 못 했던 것이 당연.

수차례 위기에도 불구하고 그림자조차 비치지 않았던 템플러가 이번에 나를 찾아온 것을 생각해 보면 이게 단순 코미디가 아니라는 사실을 알 수 있었다.

차희라까지는 버틸 수 있지만 그 이후에 벌어진 엘레나의 죄책감 넘치는 도둑질은 빛기영의 몸을 완전히 아작 내버렸다.

콧노래를 부르며 옷매무새를 다듬고 있는 이지혜는 오랜만에 기분이 좋은지 리듬까지 타고 있는 상황.

홍조가 띤 얼굴과 땀으로 촉촉한 얼굴이 묘하게 섹시하게 느껴졌다.

물론 2회 차를 시작할 여력은 없다. 악마의 저주를 받은 몸이 이러할까. 벌써 몇 차례 포션을 들이켰음에도 불구하고 몸을 움직이기가 힘들다.

최소 준신화 등급의 쇠약 저주를 아무런 아티팩트 없이 몸으로 때려 맞은 것 같은 느낌. 농담이 아니라 정말 이 예가 딱 들어맞는 것만 같았다.

"3일 동안 꼼짝없이 잠들어 있었다고?"

"네. 몸이 너무 피곤해서 그렇다고 하던데……. 전문가들은 크게 이상은 없다더라고요. 포션을 수액으로 내보내고 있으니 그럴 만도 하지만요. 오빠가 만든 물약 말고도 세계수의 어쩌고 하는 것도 동시에 들어가고 있으니 이번 기회에 건강 하나는 제대로 챙기셨을 거예요."

'그랬으면 좋겠다, 지혜야.'

"템플러도 한번 둘러본 이후에는 뭔가 착각이 있었던 것 같다고 중얼거리고 밖으로 나갔어요. 그 이후에도 내리 잠만 잔 건 조금 이상하기는 했지만 그만큼 몸이 피곤했잖아요? 정신적으로도 많이 힘들었고. 근데 표정이 왜 그래요? 이상해요? 사제라도 불러올까요?"

"아니. 아직도 피곤해서. 미치겠네……. 세계수의 어쩌고 맞은 거 맞아? 잠만 잤는데 뭐가 이렇게 힘들지. 정말로 몸이 병신이 된 건가. 누가 나한테 에너지 드레인 같은 마법 걸고 간

거 아니지?"

"슬슬 나이 먹는 거죠. 뭐, 오늘 보니까 아직 팔팔한 것 같지만. 아니면 내가 그만큼 매력적이었던가."

"……."

"우리 궁합 좋잖아요. 안 그래요?"

이지혜의 쓸데없는 소리에는 대충 고개를 끄덕이며 힘없는 손으로 괜스레 침대 옆 책상을 더듬거리자 곧바로 무엇인가가 툭 하고 떨어져 내렸다.

[면회자 명단]

[이지혜] AM 08:43-AM 09:50

[차희라] AM 11:00-AM 12:14

[정하얀] PM 15:03-PM 15:10

[엘레나] PM 18:05-PM 20:02

[차희라] PM 22:23-PM 23:03

[차희라] AM 05:02-AM 06:04

[이지혜] AM 08:23-AM 09:10

[정하얀] AM 09:21-AM 09:29

[정하얀] AM 10:55-AM 11:05

[정하얀] PM 12:11-PM 12:22

[정하얀] PM 15:42-PM 15:52

[엘레나] PM 18:05-PM 20:02
[# # # # # #]

'이건 또 뭐야.'

어처구니가 없어 실소가 나올 지경. 면회를 주기적으로 와줘서 정말로 고마울 수밖에 없는 상황이라는 걸 금방 깨달을 수밖에 없었다.

'나를 이렇게 생각해 주니까 정말로 눈물이 나오네?'

그래도 개인적인 시간과 쉴 수 있는 시간은 필요하다 생각했는지 중간중간 여유를 준 것도 눈에 띈다.

정하얀의 용무는 굉장히 빨리 끝나는지 조루인 양 10분 간격으로 단타를 치고 있었고 차희라는 1시간, 엘레나의 이름은 많이 보이지는 않지만 규칙적인 성격에 걸맞게 연속이나 같은 시간에 들어와 2시간을 채우고 돌아가셨다.

심지어 눈앞에 있는 이지혜 역시 단골. 유기적으로 시간을 조정해 들렀다 간 것이 그녀의 성격을 잘 표현해 주는 것 같다.

조용히 그녀를 바라보자 괜스레 헛기침을 하는 모습이 보였다.

중간중간 다른 이들의 모습도 보이기는 했지만 3일 동안의 면회 내역은 거의 다 이 사인방. 그만큼 나를 생각할 줄은 몰랐기 때문에 절로 감사의 눈물이 흘러나온다.

혹시나 무언가 애먼 짓을 한 것은 아닌가 하는 생각이 들기는 했지만…….

'아니. 그럴 리가 없겠지.'

아무리 이 사람들의 정신이 이상해도 나름 환자인 내게 그런 돌발 행동을 하지는 않았을 것이다. 괜스레 고개를 흔들 수밖에 없었다.

마음을 가다듬은 이후에는 아무 말 없이 포션 한 병을 까 목구멍으로 들이밀기 시작. 다시 한번 생명수와도 같은 녀석이 안쪽으로 쏟아져 내리는 걸 느꼈다.

'내가 이러려고 연금술사를 선택했나. 자괴감 들어.'

"포션 엄청 많이 마시네요."

"피로 회복제 비슷한 거야. 원기 회복 겸. 진짜로 몸이 쇠약해진 게 느껴지거든."

"많이 달려오기도 했으니까요. 솔직히 조금 쉴 때도 됐잖아요? 몸이 정상이 아닌 게 이상한 거죠. 그래도 별문제는 없다는 것 같은데요?"

"그렇다면 다행이네."

"그래도 며칠간은 무리하지 말라는 지령이 떨어질 거예요. 오빠 몸이 어디 홀몸인가요. 그 3일 사이에 교국, 아니, 대륙도 난리가 났었고……. 아, 이건 이미 오빠가 알고 있는 내용이려나?"

"퀘스트가 없어졌다는 거? 추가로 던전도 사라지고. 그거 내가 가장 처음 들은 게 맞아."

"으음. 바젤 교황 말이 맞았네요. 본래는 오빠가 발표했어야 하는 것 같았는데 아시다시피 병상에 누워 있던 관계로 그렇게 할 수가 없어서요. 바젤 교황이 직접 대륙에 그 뜻을 전파하셨어요."

"잘하셨네. 대중들 반응은 어때?"

"어떨 것 같아요?"

"으음."

"그야말로 난리였죠. 뭐, 안 나는 게 이상하지. 그동안 대륙을 유지해온 시스템이 한꺼번에 뒤집어졌으니까요. 그나마 이방인들이 할 일이 있어서 다행이었죠. 잘 아시겠지만 악마 소환사 진청이 대륙의 퍼져 있는 악마 관계자들에 대해 증언했잖아요? 덕분에 모험자 길드에서는 뿔뿔이 흩어진 악마의 던전을 향해 원정을 떠날 준비를 하고 있고. 그리고…… 균열 랜드도 있으니까요."

"그건 아직……."

"이제 오픈 앞두고 있어요, 오빠."

"뭐? 그게 완성이 됐다고?"

"오빠 기절한 날 차희라 님이 직접 찾아와서 말해줬거든요. 이거 지금 진행해야 한다고. 오빠가 대충 그림을 어떻게 그릴지 예상이 돼서 그냥 진행했는데, 이거 괜찮은 거 맞죠? 김미영 팀장님이 많이 도와줬고요. 아, 그 사람 능력 좋더라고요.”

“아끼는 인재지. 연봉이나 더 올려줘야겠네.”

“그렇게 해주세요. 기왕이면 포상금도 두둑하게 넣어서. 자금은 파란에서 30%, 붉은 용병에서 60% 대줬고요. 검은 백조에서 5%, 카스가노 유노가 따로 5% 정도……. 자잘한 건 전부 제한한 이후에 말씀드리는 거예요. 드워프랑 막스 그리고 린델 내 마법사들과 인력 노동자들을 활용해서 유통망 설치하고 최소한의 것만 올렸어요. 사실 시간이 없어 상권이라고 부르기에도 민망한 수준이긴 해요. 직접 가셔서 체험해 본다면 더 좋으실 걸요.”

“빠르면 좋을 거라고 생각하기는 했지만 이건 너무 빠른데?”

“딱 모양만 갖춰진 정도예요. 원래부터 막스가 계속해서 준비는 하고 있었으니까요. 외부적인 부분은 가다듬을 게 많지만 막상 박물관 안쪽은 아무 이상 없어요.”

‘그럴 만하지.’

이제야 실체가 드러났을 뿐인지 하루 이틀 준비한 게 아니었으니까. 이지혜를 바라보자 괜스레 고개가 끄덕여진다.

‘그래……. 네가 혜자다. 역시 우리는 영혼의 단짝이 맞아.’

어떻게 이렇게 가려운 곳을 벅벅 긁어주는지 알 수가 없을 지경. 다시 한번 그녀가 사랑스러워지는 순간이었다.

다시금 이지혜가 입을 열어온 것은 바로 그때였다.

"만족한다는 표정이네요."

"그렇지. 고마워, 누나."

"그럼 저도 이제 받아도 되는 거 맞죠?"

"어?"

"차희라 손가락이랑 정하얀 손가락에 있었던 인X니티 스톤…… 아니, 그 반지요. 저도 줘요. 세 번째라는 게 짜증 나기는 하지만 나도 충분히 자격 있으니까. 평소에는 안 끼고 다닐 테니까 안심하고."

"아. 응……."

딱히 안 된다고 하기에도 말하기 힘든 타이밍이다.

'안 줄 이유도 없고.'

애초 이지혜가 지금까지 해준 걸 생각하면 충분히 받을 만한 자격이 있다.

병상에 누워 있는 상태라 모양은 나지 않았지만 커다란 노란색 보석이 박힌 반지를 꺼내 그녀의 손가락에 끼워 넣기 시작.

무표정으로 그 광경을 바라보고 있었던 이지혜였지만 막상 손가락에 자리한 모습을 보자 기분이 좋았는지 쿡쿡 웃어댔다.

"일어나실 수 있으시면 식사라도 하러 가죠."

"못 일어날 정도는 아니야. 그런데 누나는 계속 여기 있었어?"

"균열 랜드 오픈 준비로 바빠서 계속 바빴으니까요. 저희 길드로 못 돌아간 지도 꽤 됐네요. 누가 보면 파란 길드인 줄 알겠네.”

“음…….”

고개를 끄덕이며 몸을 일으키자 의외로 제 기능을 하는 신체가 놀랍게 느껴졌다. 막상 걸으니 건강한 것만 같은 기분.

밖으로 나서자 나를 바라보고 인사를 해오는 이들까지 시야에 비친다.

대부분 깜짝 놀랐다는 표정으로 다가와 허겁지겁 이것저것을 챙겨주기는 했는데, 그 가운데에서도 가장 눈에 띄는 것은 단연 엘레나.

이쪽으로 쉽사리 오지 못한 채 먼발치에서 자꾸만 주저하는 모습. 재미있게도 얼굴에는 지독할 정도의 죄책감이 서려 있다.

‘쟤는 진짜 뭔 짓을 했길래 저래?’

고개를 푹 숙이는 것은 물론 귀를 붉히고 있는 모습은 평소 그녀의 모습과는 약간 다르게 느껴진다. 현재의 몸 상태에 대한 이야기라도 나눠보려고 했건만 일단 후다닥 반대쪽으로 뛰어가는 모습에 그러지 못한 것이 아쉬웠다.

이상한 것은 그뿐만이 아니다.

‘다른 사람들은 어딨지?’

“파란 길드원들은 다 어디 갔어?”

“어디 갔겠어요. 박물관 가 있지. 말했잖아요. 마무리 준비

중이라고. 덕구 오빠도 이틀 전에 깨어나서 바로 합류했고. 붉은 용병 단원들도 아마 많을 거예요. 사실 오늘 아침에 떠난 거였는데, 아쉽게 됐네요."

"홍보는 때리고 있고?"

"네. 계속해서요. 어차피 사라진 던전의 대체재라 먹힐 수밖에 없어요. 뭐, 이건 오빠가 더 잘 알고 있겠지만……."

식당에 도착하자 간단한 요깃거리를 내놓은 채 우물거리고 있는 모습이 시야에 비쳤다.

"설계도면이라 할 것도 없지만 도면은 한번 봐주시면 될 것 같고……."

나 역시 숟가락을 움직인 뒤에 균열 랜드의 정확한 모습을 바라보기 시작.

'나쁘지 않은데.'

김미영 팀장과 이지혜의 합작이라면 충분히 믿을 만한 느낌. 자세한 건 직접 체험해 봐야겠지만 기본적으로는 정답이라는 생각이 들 정도였다.

현재의 시장이 이걸 어떻게 받아들이고 있을지는 예상할 수 없었지만 기본적인 구성은 박수를 보낼 만하다.

'생각한 그대로야.'

전형적으로 서민 등골 빼먹는 구조다.

"굳이 볼 필요도 없을 것 같은데……."

"아뇨. 봐야 해요. 오빠 의견을 반영한 게 아니니까. 아니면 직접 체험해 보는 게 나으려나?"

"방법이 있어?"

"그게 무슨 바보 같은 질문이에요? 오빠가 관리하는 곳이잖아요? 그냥 들어가기엔 조금 그렇기는 한데. 이참에 한 번 변장이라도 하고 서민체험 해봐요. 기분 전환도 할 겸. 초급자 코스, 중급자 코스, 상급자 코스로 나뉘어 있으니까요. 등급으로는 희귀, 영웅, 전설."

"그게 좋으려나……."

몸이 찌뿌둥하기도 하고 딱히 바쁜 타이밍도 아니다. 린델에 온 뒤로 정신없는 시간을 보낼 거라고 예상했건만, 주변 인물들의 캐리에 의해 균열 랜드의 오픈을 앞둔 상황.

무엇보다 현재 나를 둘러싸고 있는 상황을 조금 벗어나고 싶은 타이밍이다.

'던전에 들어가는 게 차라리 덜 위험할 거야.'

목구멍으로 다시금 피로 회복 포션을 밀어 넣으며 비슷한 생각을 해버렸다.

"그렇게 하는 게 좋겠는데."

"진심이에요?"

"물론."

"그냥 한번 던진 소리였는데, 이상하게 받아버렸네요. 그럼…… 어떻게 파티는 따로 준비를 할까요?"

"아니. 그럴 필요 없어. 광장에 파티 많은데, 뭐. 내가 직접 구해서 가지."

균열 랜드가 얼마나 일반인들의 고혈을 빨아먹을 수 있는지는 서민의 시선으로 봐야 비로소 정확하게 느낄 수가 있다.

대충 몸을 점검하고 천천히 몸을 일으켰다. 조금 더 늦게 광장에 도착하면 파티를 구하지 못할 가능성도 있었기 때문이다.

짐을 점검하는 나를 바라보는 이지혜의 표정은 조금은 황당해 보였다. 정말로 내가 이런 행동을 할 거라고는 전혀 생각지 못한 것 같았다.

"정말 가게요? 무슨 바람이 불어서 그런담. 그냥 여기서 푹 쉬지 그래요?"

"아니. 안 그래도 한번 둘러보려고 했다니까. 테스터들을 밀어 넣기도 전에 오픈하는 데 급했던 만큼 불안한 게 아예 없는 건 아니라서……. 정확한 문제점이 뭔지는 직접 파악해 봐야지."

"언제부터 그렇게 열정적이었어요?"

"그만큼 중요한 일이야."

갑작스럽게 원정을 떠나는 이유가 꼭 그것만은 아니지만 내 말이 틀린 말은 아니다.

'이건 정말 중요하거든.'

물론 이지혜와 김미영 팀장이 잘했을 거라고 생각한다. 하지만 그들이 능력이 있는 것과 던전이 어느 정도의 완성도를 가지고 있느냐는 전혀 다른 이야기.

백번 양보해 그들이 박물관 관리자였다면 안심하고 일을 맡길 수 있었겠지만 아쉽게도 대륙에 있는 박물관 관리자는 나와 막스뿐이다. 그것도 녀석은 5급. 나는 4급.

오늘 오픈될 박물관의 총책임자가 바로 나라는 이야기다.

이 정도로 규모가 큰 사업을 진행하는데 CEO가 코빼기도 모습을 드러내지 않는 것이 이상하다는 거다.

대륙의 명운이 걸려 있는 만큼 허투루 진행하고 싶지는 않다는 게 솔직한 욕심쟁이의 심정이었다.

균형 있게 빨아먹는지 봐야 해. 너무 심하게 빨아먹어서도 안 되고 너무 약하게 빨아먹어서도 안 된다.

계속해서 희망을 심어주면서 아슬아슬하게 손해를 누적시키는 게 중요하다. 플레이어의 성장 역시 신경을 쓸 수밖에 없는 장사이니만큼 그들을 절박하게 만들어야 한다.

그것이 바로 균열 랜드의 존재 의의다. 이방인들을 필사적으로 만드는 것. 추가로, 엄청난 금전적 이득을 파란으로 가지고 오는 것.

말은 쉬워 보이겠지만 여러모로 민감할 수밖에 없는 사항. 내가 직접 서민체험을 해보는 게 딱히 이상한 그림은 아니라는 거다.

“오빠는 얼굴이 너무 팔렸는데…… 그건 어떻게 하려고요? 마법으로 대충 버무리는 것도 무리일 것 같고…….”

“대충 변장해서 나가면 되지 않나. 의외로 흔한 얼굴인데.”

“솔직히 말하면 흔한 얼굴은 아니죠. 특징이 없는 건 아니니까. 그래도 머리 스타일이랑 평소 입고 다니는 장비만 조금 손보면 얼핏 달라지기는 할 것 같아요. 이기영 명예추기경이라는 게 딱 스탠다드한 이미지가 있어서 그런 이미지만 벗어나면 괜찮을지도……?”

“…….”

“아니, 그래도 안 되겠네요. 일단 얼굴이 너무 눈에 튀어요.”

“그렇게까지 할 필요는 없다니까.”

“그래도 기왕 하는 거 제대로 해야죠. 아니면 가면이라도 쓰고 갈까요? 조금 수상하기는 하지만…….”

‘이 사람이 어딜 큰일 날 소리를! 지혜야! 정신 나갔니?’

“그건 기각.”

“하긴. 괜한 경계심 불러일으킬 필요는 없으니. 희귀 등급 들어갈 거는 아니죠? 영웅 등급?”

“응.”

“그럼 마법도 기각이네요. 전부 다 눈치챌 테니까. 아! 잠깐만요. 방법이 아예 없는 건 아니네요. 여기서 기다려요. 금방 다녀올 테니까."

나쁘지 않을 것 같다는 듯 고개를 끄덕이며 어디론가 향하고 있는 이지혜의 모습이 시야에 비쳤다. 마치 욕탕에서 뛰쳐나오며 유레카를 외치는 듯한 표정. 뭔가 뾰족한 수가 생각난 것이다.

나 역시 크게 기대하지는 않았지만 잠시 후 이지혜가 가져온 해결책에는 입을 벌릴 수밖에 없었다.

"이거면 되겠죠?"

"뭐야? 얘네들은 또 어디서 났어?"

"혜진 씨가 유니콘 데리고 왔을 때 숨어온 애들이에요. 괜찮죠?"

"괘, 괜찮을 것 같기는 한데, 이건……."

"어차피 효과도 며칠 안 간다면서요? 딱 적당할 것 같으니까. 이걸로 해요."

"나쁘지는 않겠네."

"철우 오빠?"

"……."

"철우 오빠!"

"아, 민지야."

"어때요? 쓸 만한 사람은 있어요?"

"아니. 그다지…… 보이지 않는 것 같아. 린델에서 후위 구하기가 어렵다는 건 알고 있었지만 이렇게 맨땅에 헤딩하는 심정으로 찾으니까 정말로 힘드네. 조금 괜찮다 싶으면 전부 일행이 있고……. 사실 우리 전위도 그렇게 탄탄한 건 아니라서 우리가 원하는 마법사들 눈에는 성에 차지 않을 거야. 이럴 줄 알았으면 무리해서라도 마법사들을 클랜에 들였어야 됐나 봐."

"그게 말이 쉬운가요. 괜히 들였다가 성장하지 못하면 그건 그거대로 낭패니까. 무늬만 마법사들이 많은 것도 문제고……. 파란 길드에 정하얀 같은 사람 어디 딱 안 나타나 주나. 그럼 정말로 잘해줄 텐데……."

"정하얀이야 워낙 특이한 케이스니까. 중견 길드에서 활동하고 있는 마법사라도 아쉬운 심정이야. 그만큼 마법사 풀이 적다는 거겠지."

"그러지 말고……."

"응?"

"이왕 이렇게 된 거 악마의 첨탑에라도 지원해 보는 게 어때요? 보급품도 많이 준다는 이야기도 있고 공격대에 들어간다면 지금보다는 파티 구성하기가 쉽지 않겠어요? 같은 공격대에 들어간 마법사들과 친해지면 클랜으로 들어오라고 은근슬쩍 제안할 수도 있고…… 마도 왕국이잖아요? 괜찮은 마법사들은……."

"그건 안 돼."

"아……."

"아직 위험해. 우리 수준으로 끼어들 수 있는 곳이 아니야."

"글쎄요……. 듣기로는 옆집 나무 클랜도 악마의 첨탑으로 향한다고 하던데……."

"등급 판정으로 따지면 최소 영웅 등급 이상의 던전이야. 이제 막 영웅 등급으로 진입한 우리에게는 무리가 있어. 물론 공략 가능성이 아예 없는 건 아니지만 구태여 급하게 움직일 필요는 없다고 봐. 균열 박물관에서 경험을 쌓은 이후에도 늦지 않아."

말은 이렇게 하고 있었지만 사실 마도 왕국 행을 생각하지 않은 것은 아니었다. 스스로 파티를 구성해야 하는 균열 박물관과는 달리 상대적으로 많은 인원을 필요로 하는 악마의 첨탑은 아직 자리가 있어 보였기 때문이다.

어느 정도 연줄이 있기도 했고 보급품 지원도 결코 적지 않다는 걸 생각해 보면 보상으로 얻는 게 더 클 수도 있다.

물론 받은 보급품을 어느 정도 남겨왔을 때의 이야기지만 여러모로 고민해볼 가치가 있다는 거다.

하지만.

'아직은 아니야.'

아직 클랜의 스쿼드로 갈 수 있는 곳은 영웅 등급이 전부다. 그것도 중급 이상을 넘어가면 위험한 사고가 터질 확률이 높다. 지금껏 클랜이 안정적으로 운영되었던 이유는 조심하고 또 조심했기 때문.

세상이 바뀌었다고는 하지만 무리하게 이득을 취하려는 행동은 언제나 사고를 불러일으킨다.

"오빠라면 그렇게 말할 줄 알았어요."

"이해해 줘서 고맙다."

"아뇨. 태건이 오빠도 철우 오빠라면 분명히 반대할 거라고 하던 걸요. 그냥 아쉬운 마음에 제가 한번 찔러본 거지. 기대도 안 했어요."

"태건이도?"

"네. 어려서부터 함께해 온 친구 아니랄까 봐. 둘이 정말로 마음이 잘 맞는다니까요. 어떨 때 보면 정말로 질투 날 것 같아."

"하하하."

"웃지 말고요. 농담으로 하는 소리가 아니라고요. 클랜마스터랑 부클랜마스터가 사이가 너무 좋은 거 아니냐고 소외감 느낀다는 클랜원이 정말로 있다니까요?"

"그렇게 느끼게 했다니 미안하네……. 클랜원들한테 사과라도 해야 하는 건가? 그나저나 태건이는 지금 어디에 있어?"

"주점 쪽에서 파티 구하고 있어요. 아침부터 술 퍼마시고 있는 마법사가 원정에 도움이 될지는 모르겠지만 그만큼 급하다는 거겠죠. 조금 있으면 출발해야 되는 시간인데……. 으으. 정말 사람 너무 없어. 왜 하필 이런 타이밍에 이런 일이 생기는 건지. 그 악마 관계자들…… 싸그리 잡아서 불구덩이로 집어넣고 싶다니까요? 하필이면……."

"어쩔 수 없는 거지. 사실 그렇게 나쁘게 볼 것도 아니야."

"네?"

"애초에 영웅 등급의 던전이 계속해서 풀려 있다고 한들, 우리가 그 던전을 낙찰하거나 발견하리라는 보장은 없으니까. 조금 있으면 튜토리얼 던전이 열릴 테고…… 이번에는 전 대륙이 하나가 돼서 교육소를 운영할 거라고 하잖아? 아마 많은 대형 길드가 던전 경매에 대해 많이들 신경 쓰고 있었을걸? 길드에 들어오게 될 초보자들을 키워줘야 하니까. 그런 의미에서 우리 클랜이 가진 자금으로는…… 영웅 등급의 던전을 낙찰받는 건 불가능에 가깝다는 거지. 그렇다고 운에 기댈 수도 없고."

"하긴……."

"풀이 조금 좁기는 하지만…… 그래도 던전에 갈 수 있다는 게 어디야? 여신이 직접 관리하고 있는 던전이라면 분명히 이방인들에게도 친화적일 테고. 또 대형 길드들도 중소 클랜을 지원해 준다고 발표했으니까. 이건 우리한테 기회라고 봐도 무방해.”

“그렇죠.”

“초조해하지 말고 기다리면 분명히 올 거야. 우리랑 같은 생각을 하는 사람이 한두 명쯤은 있을 테니까.”

“세 시간 동안 구하다가 더 안 구해지면…….”

“일단은 출발하는 게 좋겠지? 박물관 앞에서도 낙오한 마법사가 분명히 있을 테니까.”

“제발 있었으면 좋겠네요.”

단순한 희망 사항. 던전 앞에서 파티를 구하는 마법사라니, 어떻게 생각해도 넌센스에 가깝다.

하지만 이렇게 주저앉을 수는 없는 노릇. 새로운 기회가 찾아온 만큼 필사적으로 움직일 수밖에 없었다.

괜스레 목소리에 힘이 들어간 것은 당연지사.

“저희 우정 클랜과 함께하실 소중한 마법사분을 모십니다. 전위는 탄탄하고 사제도 보유하고 있는 클랜입니다. 목적지는 균열 박물관 영웅 등급 던전이며. 가족 같은 분위기에서 즐겁게 사냥하실 분을 모시고 있습니다. 능력치와 직업은 일부만 공유했으면 합니다. 관심 있으신 분은 찾아와 주신다면 최선을 다해 모시겠습니다. 오시면 바로 출발할 수 있습니다. 우정 클랜입니다!”

“싸우지 말고 사냥하실 마법사분 모셔요! 저희 클랜마스터 오빠가 정말로 사람이 많이 좋아요! 꼭 좀 찾아와 주세요!"

아니나 다를까. 옆에서 함께 입을 벌리는 국민지의 모습이 시야에 비쳤다. 하지만 광장을 꽉 채운 파티들이 모두 소리를 지르자 목소리가 금방 묻힌 것은 당연지사.

괜스레 들고 있던 팻말을 더 높이 들어봤지만 파티원을 구하는 게 그리 쉽지는 않아 보였다.

그때였다. 저 멀리서 지팡이를 든 한 사람이 가까이 다가오고 있는 것이 보인 것.

'어?'

전체적으로 미인상이라고 할 수 있는 얼굴. 찢어진 눈과 새하얀 피부, 피처럼 붉은 입술이 눈에 띈다. 온몸을 로브로 가리고 있었고 걸음걸이가 묘하게 어색해 보인다. 발이라도 다친 것인지는 모르겠지만 엉거주춤한 자세였다.

자세보다 눈에 띄는 것은 그녀의 얼굴이다.

'무슨 사람이…….'

저렇게 생겼지?

섹시하다는 표현은 어울리지 않는다. 서큐버스가 이러할까. 쭉 찢어진 눈은 이상한 음욕을 불러일으키게 할 정도. 전체적으로 야하게 생겼다는 표현이 가장 적절하리라.

사람의 외모를 평가할 때 어울리는 말과는 거리가 멀지만 딱 그 말이 맞다. 지금껏 많은 사람을 만나왔지만 이런 생각이

든 외모는 처음이다. 보고 있는 것만으로도 괜스레 얼굴이 붉어지는 느낌이었다는 건 언급할 필요도 없으리라.

잠깐 동안 멍하니 그 사람을 바라봤을 때, 이질적인 매력을 가지고 있는 여인이 눈앞에 서서 치명적인 입술을 뗐다.

"……마법사이기는 한데, 조금 다른 갈래의 마법사입니다. 혹시 괜찮으시면 파티에 가입이 가능할까요? 균열 박물관으로 떠난다는 이야기를 들어서요."

저도 모르게 하체에 힘이 들어갈 것만 같은 목소리였다.

"자기소개를 먼저 드려야겠네요. 만나서 반갑습니다. 우정 클랜 여러분. 소환 마법사 이기연이라고 합니다."

'불편하네…….'

나름대로 괜찮을 거라 생각해 이지혜의 제안을 받아들이기는 했지만 여간 불편한 게 아니었다.

치마를 입은 게 아니었음에도 불구하고 이 모양. 골격이 달라진 게 느껴졌기 때문에 걷는 게 어색하다.

쏟아지는 시선은 익숙했지만 이기영 때 받았던 시선과는 본질적으로 다르다.

빤히 이쪽을 훑어보는 이들의 눈빛도 신경 쓰인다. 심지어 대낮부터 술에 취한 이들은 대놓고 위아래로 훑는다. 닳는 것이 아니라고 생각하면 그다지 상관은 없지만 기분이 나쁜 건 부정할 수 없는 사실.

'남자 새끼들이란…….'

나를 포함해 어딜 가나 똑같다.

슬쩍 옆을 바라보니 창문에 비친 내 모습이 눈에 보였다. 아주 아름답다고는 볼 수 없지만 나름대로 매력적이라면 매력적이라고 할 수 있는 외관이었다.

'그래…… 이 정도면 만족스럽지.'

적당히 호감을 불러올 정도는 된다는 거다. 파티 구인에 뺀찌를 먹지 않을 정도의 얼굴.

사실 파티를 구할 때 무슨 얼굴이 중요하겠느냐마는 생김새 역시 나름대로 중요한 역할을 한다. 이를테면 기업이 면접자의 외모를 중요시하게 된 것과 같은 이치.

기본적으로 잘 알려진 모험가라면 이런 제약에서 벗어날 수 있겠지만 애초에 원정이라는 것 자체가 사람을 깐깐할 수밖에 없게 만든다.

생전 처음 보는 남과 며칠을 함께 뒹구는 것은 물론, 한 치 앞을 두고 볼 수 없는 상황에서도 등 뒤를 맡겨야 한다. 이런 저런 문제가 생길 거라는 걸 미리 가정해 본다면 인상은 그만큼 중요하다. 딱 봐도 사기꾼처럼 생긴 녀석이나 딱 봐도 머더

러처럼 생긴 녀석과 함께 원정을 떠나고 싶은 사람은 아무도 없다.

그런 의미에서 이기연은 커트라인에 들어갈 정도는 된다는 거다.

괜스레 고개를 끄덕이며 다시 한번 발걸음을 옮기니 광장 안에 빼곡히 들어선 사람들이 시야에 비쳤다.

'누구로 하는 게 좋을까…….'

적당히 간을 보는 것도 중요. 이런 종류의 고생을 해본 적이 없는 만큼 막연하게 숨이 턱하고 막힌다.

'일자리 구하기 쉽지 않겠는데…….'

딱 그런 심정. 물론 그게 나에게 통용되는 이야기가 아니라는 것 정도는 금방 깨달을 수 있었다.

"함께 사냥 가실 전위분들 모십니다!"

"근처에 있는 고블린 부락으로 원정을 떠날 궁수분을 찾습니다! 길눈이 밝은 분이었으면 합니다. 오시면 바로 출발하겠습니다!"

사람을 구하는 파티만 많은 것이 아니다.

"희귀 등급에 랭크되어 있는 암살자 직군입니다. 불러주시면 아무 곳이나 갑니다. 경험 빵빵하고 딜도 잘 넣습니다. 다른 도적들과는 다릅니다. 제발 써먹어 주세요! 힐도 필요 없습니다! 닥치고 붕대나 감겠습니다!"

"영웅 등급의 사냥꾼입니다! 네놈을 추격해 주마! 함께하실 클랜원 분들 구합니다! 제발요!"

파티는 구하는 개인의 숫자도 도저히 무시할 수 없을 정도. 아니, 정확하게 이야기하면 개인의 숫자가 더 많다.

커다란 목소리로 끊임없이 소리를 지르고 있는 것은 대부분 도적 직군.

'딱 보니까 재네들은 하층민들이네. 이건 원래 알고 있었던 이야기고.'

광장 피라미드에 가장 아래에 위치한 이들이다. 상위에 랭크되어 있는 것은 사제와 마법사 그리고 쓸 만한 탱커.

특히나 마법사 풀이 적은 게 인상적이었다. 파란 길드는 마법사 걱정을 해본 적이 없기 때문에 조금 의아하기는 했지만 조금만 생각해 봐도 이 현상을 쉽게 설명할 수 있다.

만약 이 세계가 게임이었다면 이런 현상이 생길 리 만무.

대충 버튼만 누르면 마법이 나가는 어딘가와는 다르게 이 세계의 마법은 엄연히 학문 취급을 받고 있다. 머리가 좋은 것은 물론 그 이상을 필사적으로 노력을 해야 얻을 수 있는 칭호가 바로 마법사라는 거다.

희귀 등급의 마법사도 귀한 것이 이 대륙의 현실. 영웅 등급에 이른 마법사들은 거의 대부분이 대형 길드에 소속되어 있거나 고급 인력으로 취급되어 여러 현장을 돌아다닌다.

연구원으로 처박혀 있는 공무원 같은 이들도 있고 심지어는 밖으로 나가는 게 무서워 사냥 한 번 나가보지 않은 마법사도 결코 적지 않다. 물론 그런 이들도 먹고사는 데는 지장이 없다.

주변 상황이 이러니 실력 있는 마법사의 대우가 어떨지는 뻔할 뻔 자.

몸으로 때우는 도적이나 암살자 같은 이들은 썩어 넘쳐나기 시작하고, 그 결과 고급 직종이라 분류되는 이들의 신분의 격차는 상상할 수 없을 정도로 커져 버렸다.

물론 이건 어디까지나 야생에서 통용되는 이야기. 애초 좋은 마법사들을 보유하고 있는 대형 길드의 생태계와는 완전히 다르다.

아마 지금 내게 쏟아지는 눈빛 중에서도 반 정도는 그런 의미를 담고 있으리라. 어찌 됐건 이쪽은 마법사들이 들고 다니는 지팡이를 들고 있었으니까.

"마법사님, 혹시 영웅 등급 이상이시면 악마의 첨……."

"죄송합니다. 아직 그 정도는 아니에요."

"필드에 나가보시는 건 어떠신가요?"

"죄송합니다."

"희귀 등급 레이드 몬스터를……."

"죄송합니다. 레이드 몬스터는 조금……."

“시간이 되시면 조용한 곳에서 차라도 한 잔.”

“죄송합니다.”

“정말 아름다우…….”

“죄송합니다.”

끝에 가서 뭔가 이상한 게 섞여 있는 것 같기는 했지만 아무튼 이런 대우를 받게 된다는 거다. 어딜 들어가고자 마음만 먹는다면 어디든지 들어갈 수 있다.

물론 내가 무늬만 마법사라는 걸 깨닫는다면 시선이 조금은 달라지겠지만 이 지팡이와 함께라면 두려울 게 없다.

아무 데나 골라서 가도 되는 위치에 있다는 걸 깨닫고 조금은 마음의 여유를 찾을 수 있었지만 내 생각과 딱 들어맞는 파티가 눈에 안 띄는 게 흠.

‘그래도 한 번뿐인데…….’

기왕이면 딱 조건에 들어맞는 파티를 찾고 싶다. 이제 막 희귀 등급에서 영웅 등급으로 승급한 파티.

‘자금력도 조금은 있고 나름대로 내실이 탄탄한 애들이면 좋겠는데.’

딱 균열 랜드에 입맛에 맞는 손님이다. 영웅 등급에서 이제 막 전설 등급으로 진입한 이들도 나쁠 것 같지는 않지만 그렇게 될 경우에는 나 역시 숨겨진 패를 까발릴 수밖에 없으니 아웃.

구미가 당기는 외침이 들려온 것은 바로 그때였다.

"저희 우정 클랜과 함께하실 소중한 마법사분을 모십니다. 전위는 탄탄하고 사제도 보유하고 있는 클랜입니다. 목적지는 균열 박물관 영웅 등급 던전이며 가족 같은 분위기에서 즐겁게 사냥하실 분을 모시고 있습니다. 능력치와 직업은 일부만 공유했으면 합니다. 관심 있으신 분은 찾아와 주신다면 최선을 다해 모시겠습니다. 오시면 바로 출발할 수 있습니다. 우정 클랜입니다!"

'우정 클랜?'

"싸우지 말고 사냥하실 마법사분 모셔요! 저희 클랜 마스터 오빠가 사람이 정말로 좋아요! 꼭 좀 찾아와 주세요!"

'사람이 좋아?'

당연하지만 들어본 적도 없는 듣보. 그야 내 입장에서는 그렇게 느껴질 뿐이지 이 생태계에서는 나름대로 한자리 가지고 있는 이들처럼 보였다. 능력치도 나쁘지 않아 보였고.

'이철우, 그리고 국민지.'

특이하게 사제가 길드의 클랜마스터인 모양. 옆에서 빼액 소리를 지르고 있는 여자는 도적 직군, 정확한 직업명은 꽤 길었지만 딱 평균이 되는 능력치라고 생각해 마음의 눈을 접어버렸다.

남자도 여자도 딱 내가 원하는 정도의 스펙을 가지고 있는 인물. 시장이 닫히기 얼마 남지 않았으니 적당히 골라도 될 것 같다고 생각했다.

곧바로 발걸음을 옮기자 나를 빤히 바라보는 녀석의 얼굴이 시야에 비쳤다.

"마법사이기는 한데…… 조금 다른 형식의 마법사입니다. 혹시 괜찮으시면 파티에 가입이 가능할까요? 균열 박물관으로 떠난다는 이야기를 들어서요. 아! 자기소개를 먼저 드려야겠네요. 만나서 반갑습니다. 우정 클랜 여러분. 소환 마법사 이기연이라고 합니다."

"……."

"소환 마법사 이기연입니다."

"……."

'뭐야, 이 새끼?'

"저기요? 제 말 안 들리시나요?"

"아! 죄, 죄송합니다. 그, 그러니까……."

"소환 마법사 이기연입니다."

"네! 네. 반갑습니다, 이기연 님."

'이거 허당 아니야?'

허둥지둥하는 모습은 가관. 영웅 등급이면 초보자 티는 벗을 때도 되었는데 저런 모습을 보니 괜히 불안해진다. 혹시 잘못 발을 들인 것은 아닌지 생각했지만 마음의 눈으로 보는 능력치가 거짓말을 할 리 만무.

마음을 가다듬었는지 헛기침을 한 뒤에 나를 바라보는 이철우가 눈에 보였다.

"죄송합니다. 잠깐……."

"아뇨. 아뇨. 이해할 수 있습니다. 그보다…… 파티 합류가 가능할까요?"

"그전에…… 소환 마법사가 어떤 직군인지 설명해 주실 수 있으시겠습니까?"

'허당은 아니네.'

"아. 제가 너무 급했네요. 물론입니다. 어떻게 설명을 드려야 가장 적절할지는 모르겠지만……."

"……."

"소환사와 마법사의 가운데 형태를 띠고 있다고 생각하면 이해하기 쉬우실 거예요. 일반 등급의 기본적인 마법은 사용 가능하지만 그 이상의 마법은 조금 힘들어요. 무리하면 희귀 등급의 마법까지 가능하다고 보시면 되겠네요. 특기로 하는 마법은 소환 마법이기는 하지만 소환수를 장시간 함께 데리고 다니는 것은 불가능합니다. 찰나지만 타격을 주는 건 가능하고요."

"음……."

"조금 애매한가요?"

"아뇨. 그렇지는 않습니다. 다만 파티원들의 동의를 구해야 할 사안이라…… 물론 저희 파티를 찾아주신 건 너무나도 감사합니다만 일반적인 마법사가 아니다 보니……."

'하…… 슈바……. 특수 직업 차별 금지다, 이 새끼야.'

"영웅 등급의 직업이고 전직한 지 오래되지는 않았어요. 스탯도 딱 영웅 등급에 맞추어져 있고요."

"그렇군요."

'이래서 정석 파티는 짜증 나는데.'

성향과 기벽을 보니 왠지 모르게 틀에 박힌 성격 같다. 그다지 커다란 문제가 없을 것 같은데도 고민하고 있는 모양새다.

물론 파티장으로서 녀석의 고충을 이해하지 못하는 것은 아니지만 기다리는 입장에서는 짜증 나게 마련이다. 이렇게 시간을 끌고 있는 와중에도 점점 광장에 사람들이 줄어드는 게 보였기 때문이다.

'하자는 거야 말자는 거야?'

엿이나 먹으라고 말한 이후에 깔끔하게 뒤를 돌아보고는 싶었지만 선택의 여지가 없다. 정석이 아닌 특수 직군이 어떤 대우를 받는지 제대로 깨달았기 때문. 아마 이 파티가 아니라 다른 파티를 가더라도 똑같은 상황에 처하게 되리라.

'마법사도 아니고 소환사도 아니니까. 애매하게만 보이겠지, 뭐.'

내가 생각해도 애매한 능력이다. 애매한.

“아, 안 될까요? 오늘은 꼭 나가봐야 할 것 같은데…… 하으. 어쩌지.”

“물론 가능합니다.”

듣던 중 반가운 소식. 하지만 목소리가 들려온 것은 앞이 아니라 뒤쪽이었다. 자연스레 고개를 돌리니 눈에 보인 것은 방패와 둔기를 메고 있는 전사.

‘김태건?’

내구와 체력이 높은 전형적인 전위. 막 인사를 보내기 전에 전방에 있는 이철우가 김태건을 반겼다. 나를 뺀 이후에 자신들끼리 대화에 진입한 것이다.

“태건아.”

“시스템은 거짓말을 하지 않는다는 말도 있잖아. 영웅 등급의 직업이고 스탯도 맞추셨다고 말씀하시는 데, 고민할 필요가 뭐가 있겠어? 이대로 여기에 있는 것보다 차라리 밖으로 나가 뭐라도 하는 게 나아. 자세한 이야기는 목적지로 향하면서 들어보면 되고. 정 아니다 싶으면 사례비라도 드리면 되니까.”

“네. 아마 실망하시지는 않을 거예요. 틀림없이요.”

“그렇다면…….”

성공을 눈앞에 두고 있는 상황. 만족스러운 표정으로 고개를 끄덕였을 때 그 옆에 있는 국민지의 표정이 눈에 띄게 안 좋아졌다. 그 이후에 내뱉은 대사는.

"저는 일단 반대예요."

'아, 재는 또 왜 저래?'

"오빠들 생각도 이해는 되지만 저는 조금…… 이건 아닌 것 같아요."

린델에서 먹고 살기 힘들다 진짜.

'같은 여자잖아. 시바. 협력 좀 하고 살자.'

"안 될…… 까요?"

"왜 그래? 민지야?"

'그래. 너 왜 그래? 내가 뭘 잘못했냐. 나는 사냥 좀 나가면 안 되냐? 응? 나는 던전 좀 나가면 안 돼?'

"딱 봐도 경험이 그다지 많지는 않으신 것 같은데. 제 말 맞나요?"

'무슨 개소리야. 나처럼 경험 낭낭한 사람이 또 어디 있다고.'

다른 사람들이랑은 좀 다른 경험이기는 하지만.

"다리에 근육도 없으시고 팔도 마찬가지네요. 손도 너무 고우시고 손톱에도 상처 하나 없으신데……. 어떻게 봐도 원정을 많이 다녀보신 몸이 아닌 것 같아서요. 개인 보급품은 어디에 두고 계신지는 모르겠지만…… 그 가방 샤넬리아 에르메스 맞죠? 명품 브랜드. 예쁘기만 한 쓰레기."

'무슨 개소리야. 우리 현성이가 선물해 준 거다, 이년아. 무한의 가방이라고. 쓰레기 아니야. 너는 평생을 벌어도 못 사는

가방이야.'

"상식적으로 원정을 떠나는데 저런 명품 가방을 들고 다니는 사람이 어디 있어요? 겉보기에만 좋지 실용성은 완전 꽝이라고요, 저 가방. 던전에 남자 꼬시러 가는 거 아니잖아요? 최소한의 준비는 해주셨어야죠. 아무리 마법사라고는 하지만 개인 보급품까지 신세 지는 건 조금 아니죠. 그렇지 않아요? 텐트나 캠프 같은 건 저희 쪽에서 어떻게 해드릴 수 있지만 기본은 해주시고 파티 신청을 하시는 게 맞아요, 이기연 님. 철우 오빠랑 태건 오빠도 어디서 꿀리지 않는 사람인데……. 그리고 풀메라니……. 정말 누구한테 잘 보이려고 하는지는 모르겠지만 딱 봐도 민폐라고요. 상식적으로 원정 가는데 화장을 하는 사람이 어디 있기나 해요? 거기서도 아침에 일찍 일어나서 메이크업하시게요?"

'얘, 얘 왜 이러니. 미쳤나 봐, 진짜. 너 왜 이래? 왜 이렇게 날이 섰어?'

뭔가 맞는 소리 같기는 하다. 하지만 그렇습니다 하고 고개를 끄덕일 수 있을 리 만무.

"메, 메이크업 안 했는데요. 아무것도 안 했어요."

"……."

"……."

"……."

"네?"

"메이크업하고 온 거 아니에요. 자세히 보시면 아실 텐데……."

"그럼 그 입술이랑 피부가…… 속눈썹은 마스카라……."

"전혀 아니에요. 한번 보세요."

무한의 가방은…….

'밝히기 좀 그렇지.'

"가방은 죄송해요. 제가 연구실에만 틀어박힌 지 오래돼서……. 멜 수 있는 게 이 정도밖에 없어요. 연구실 나오기 전에 쓸모없어 보이는 물건은 전부 처분했거든요. 상황이 이렇게 될 줄은 전혀 몰라서……. 마, 말 못 할 사정도 조금 있고요."

"아무리 그래도……."

"원정 경험이 사실 그렇게 많지는 않지만 그래도 열심히 할 수 있을 것 같아요. 아니, 믿어주신다면 열심히 해볼게요. 적어도 민폐가 되는 일은 없게 하겠습니다. 부탁드려요."

"경험이 어느 정돈데요?"

그래도 빛기영은 일말의 근육이라도 있었다. 하지만 이기연은 정말로 연약 그 자체. 이 몸 가지고 영웅 등급의 던전은 물론 전설 등급의 던전도 클리어했다고 말하는 건 여러모로 무리수가 있다. 어차피 믿어주지도 않을 테고. 고개를 끄덕일 만한 선에서 이야기를 지어내는 게 맞으리라.

"희귀 등급 던전 두세 번? 필드에는 그것보다 더 많이 나가 봤어요."

"거짓말. 그런 몸이 아닌 것 같은데……."

'이 계집애야, 무슨 청문회 하니?'

"안 믿어주시면 제가 할 말이 없지만…… 정말이에요. 조금 오래되기는 했지만요."

정말로 청문회라도 하는 듯한 모양새였다. 이 정도까지 하면 보통 어느 정도는 져주게 마련이다.

도대체 왜 이렇게 이쪽에 극딜을 퍼붓는지 알 수 없었다. 애초 이런 식이라면 들어오지 말라는 말이나 진배없다. 원정 전부터 분위기를 완전히 말아먹고 있는데 그 누가 이런 파티에서 원정을 진행하고 싶겠는가.

서로가 절박하지 않았다면 벌써 쫑난 것은 물론 서로의 머리카락을 뜯고 있었으리라.

'그래, 시바. 내가 이해해 준다.'

사실 내가 그녀였어도 나를 파티원으로 받아들이고 싶지는 않았으리라. 내가 생각하는 것보다 린델의 개미들은 더 치열하게 살아가고 있는 모양. 목숨이 달린 문제라고 생각하니 그나마 고개가 끄덕여진다.

'솔직히 내 실수이기는 하네.'

메이크업 부분에서는 쓸데없는 오해가 있기는 했지만 원정을 나간다는 사람이 백팩 하나 메지 않은 건 실수 중의 실수다.

'너무 모르고 살았다. 너무 귀하게 컸어. 기연이 이 계집애야.'

첫 원정 이후로는 가방을 메본 적이 없다. 애초에 기본적인 도구들은 전부 샤넬리아 에르메스에 들어가 있기도 하고, 그 전까지는 박덕구가 가방을 들어주거나 길드 직원들이 물품들을 정리했다. 병아리 시절은 이제 기억도 안 난다는 거다.

게다가 내가 병아리였을 때와 쟤들의 병아리 시절이 같을 리도 만무하고. 저들은 아무것도 없이 맨몸으로 내 던져진 입장이었고 나 같은 경우에는 처음부터 고액 연봉을 받고 시작했었다. 내가 경력이 꽤 되는 베테랑이라고 한들, 저들의 생태계를 이해하지 못하는 것도 무리가 아니라는 거다.

'하…… 이거 실수한 건가. 실수한 거 맞네.'

더 이상 뭐라 변명할 수 없는 상황. 갓기연의 처분은 저쪽에 맡길 수밖에 없었다. 지금이라도 다른 파티에 가고 싶었지만 역시나 늦게 나왔는지 구직시장이 문을 닫고 있는 상황.

애절한 표정으로 국민지를 바라봤지만 아직도 그녀의 표정은 냉랭하다.

'얘는 확고하네.'

포기는 없다. 한쪽이 확고하다면 다음 사람을 공략할 뿐이다. 조용히 이철우를 응시한 것은 당연. 받아달라는 눈빛을 쏘아 보내자 곧바로 신호가 오기 시작했다.

'얘는 처음부터 우호적이었지. 나이스요오오오. 우리 기연

이 화이팅!'

"너무 그렇게 몰아붙이지 마, 민지야. 죄송합니다, 이기연 님. 제가 대신 사과드리겠습니다."

"네?"

"착한 아인데 가끔 이렇게 흥분하는 경향이 있어서요. 기본 보급품을 챙기지 않은 것은 저도 조금 의아하기는 하지만…… 뭔가 사정이 있으리라고 믿습니다."

'키야. 바로 이거죠.'

"그럼……."

"함께 가셔도 괜찮을 것 같습니다. 태건아, 어때?"

"나는 처음부터 찬성이었는데, 뭐. 민지야, 그렇게 입술 삐죽 내밀지 마라. 네가 걱정하는 부분은 이해하고 있지만…… 아쉬울 게 없는 건 저분이야. 마법사가 하나 있는 것만으로도 원정길이 얼마나 편해지는지 생각해 보면 감지덕지다."

"그, 그렇지만."

"일단 사과부터 해야지."

두 남자는 무언의 눈빛으로 버릇없는 계집애를 바라보기 시작. 결국 백기를 든 것은 혼자 발광을 하던 계집애다.

"죄송해요. 제가 무례했어요."

"아니요. 괜찮아요. 충분히 오해할 만하기도 했고요. 이해할 수 있습니다. 짧은 시간이겠지만 앞으로 잘 부탁드려요."

"저희야말로 잘 부탁드립니다, 기연 씨. 뭐 하냐, 철우야. 임시 파티 계약서 드리지 않고."

"계약서도 쓰는 건가요?"

"형식적인 절차입니다."

'별게 다 있네.'

조심스레 종이뭉치를 꺼낸 사제가 내민 계약서를 바라보자 몇 개의 조항이 눈에 들어온다. 복잡하지도 않고 아주 간결하다. 그야말로 형식적인 계약서. 탈주나 트롤짓에 대한 조항과 보상과 분배에 대한 이야기였다.

아마 법적인 효력은 크지 않을 것이다. 여신의 거울을 24시간 풀로 돌리지 않는 이상 던전에서 무슨 일이 있었는지 알 수 있을 리가 없으니까. 단순히 경각심을 심어주려는 의미라고 봐도 될 것 같았다.

조금 잡음이 있기는 했지만 아무튼 간에 파티를 구하는 것은 성공. 이쯤 되니 궁금한 것은 저들의 인적사항과 디테일한 부분이다.

"4명이 들어가는 건 아니죠?"

"네. 동료가 3명 더 있습니다."

딱 적당하네.

"아마 숙소에서 출발할 준비를 하고 있을 겁니다."

"그렇군요. 클랜 하우스는 어디쯤 있나요? 서부 지역?"

"부끄럽습니다만…… 아직 클랜 하우스라고 부를 수 있는 곳이 없습니다. 아무래도 장비를 먼저 사는 게 먼저라고 생각해서……."

"아……."

"이거 부끄럽습니다."

"아니요. 정말 탁월한 선택이신데요? 조금 더 발전하시려고 하시는 거니까요. 처음부터 장비에 투자하는 사람들은 많지 않은데, 잘 판단하셨네요. 어쩐지 그래서 이렇게 장비가 번쩍거리셨구나. 로브도 영웅 등급 아닌가요? 질이 정말 좋은 것 같은데……."

"아니요. 희귀 등급입니다."

"인물이 받쳐주시니 그렇게 보였나 보네요. 후훗."

"그, 그, 그, 그나저나 기연 씨는 이곳에 들어온 지 얼마나 되셨습니까?"

"저는 얼마 안 됐어요. 이제 2년 됐나……. 이제 곧 3년이네요. 철우 씨랑 태건 씨는……."

"저희는 이제 4년 됐습니다."

'그렇게 오래되지는 않았네? 나쁘지 않아.'

4년 차에 영웅 등급 입성이라면 성장이 무척 빠른 편이다.

평균적으로 이 정도 스탯을 완성하기 위해서는 약 6, 7년 정도의 시간을 필요로 한다.

생각 없이 움직이는 클랜은 아닌 모양. 명확한 비전을 가지고 있고 바닥에서부터 올라오고 있는 이들이라 생각하고 있는 게 맞다. 사람 하나는 잘 골랐다는 생각이 드는 것도 무리가 아니리라.

보통 이런 생각을 하지는 않지만 조금 더 시간이 지난 이후에는 위에서 한 번쯤은 얼굴을 볼 수 있을 것 같은 느낌. 얼굴을 익혀 놓는 게 손해는 아니라는 걸 금방 깨달을 수 있었다.

일단 함께 원정을 하기로 했으니 사람 좋은 웃음을 흘리는 것은 기본. 접대하는 게 몸에 밴 만큼 기본적인 아부에 함박웃음을 짓는 두 명을 볼 수 있었다.

국민지는 아직도 뭐가 그렇게 불만인지는 알 수 없지만 그나마 마음을 가다듬은 것 같다.

"기본적인 보급품은 전부 빌려드리도록 하겠습니다."

"그래도 될까요?"

"네. 저희 클랜은 항상 넉넉하게 움직이는 편이라. 가방 하나 더 준비하는 것 정도는 괜찮습니다."

"그렇게 해주시면 감사하고요. 시작부터 신세만 지는 것 같은데…… 죄송해서 어쩌죠?"

"당연합니다. 한 팀이니까요."

"멋있으셔라……. 듬직하세요. 마음이 든든하네요."

역시 아부는 패배하는 일이 없다. 기분 좋게 하는 미소를 흘리자 미묘하게 입꼬리를 올리는 녀석의 얼굴이 시야에 비쳤다. 바젤 교황을 녹인 아부가 빛을 발하는 순간.

조금은 빠르게 발걸음을 옮기자 시야에 비치는 것은 작은 숙소. 아직까지 클랜 하우스가 없다는 말이 정말이었는지 이 숙소에 짐을 놓고 생활하는 것 같았다.

이철우가 잠깐 기다리라며 안쪽으로 들어간 이후 그 빈자리를 챙기는 세 명의 여자가 시야에 비쳤다.

'궁수 하나, 근접 검사 하나, 무투가 하나.'

기분 탓인지는 모르겠지만 왠지 모르게 나를 그다지 좋아하는 것 같지 않다.

특유의 친화력으로 미소를 흘리며 인사했지만 형식적으로 고개를 끄덕일 뿐 다른 반응은 없다. 김태건이 소개를 시켜주니 그제야 인사를 해오는 느낌.

"인사들 합시다. 이번에 함께 원정에 가게 될 기연 씨. 소환마법사라는 직업이시고 3년 차에 영웅 등급에 올랐다고 하네."

"특수 직업?"

'왜 스캔하고 그래.'

"잘 부탁드려요, 기연 씨."

"네. 저도 잘 부탁드립니다."

"3년 차에 영웅 등급이라니 대단하네요."

"운이 좋아서……."

모두 아까 전 국민지의 표정 같다. 조금이지만 나를 무시하고 있는 표정. 아니, 무시한다기보다는 경멸한다는 표현이 어울린다.

'병아리들이 뭘 알겠어. 이따 언니가 보여줄게, 계집애들아. 준신화가 뭔지.'

준신화 등급의 짬에서 우러나오는 아우라. 그걸 본 순간 저 계집애들이 태세 전환하는 그림이 빤히 보인다.

하지만 그 다짐이 무너지는 데까지 그리 오래 걸리지 않았다. 밑바닥부터 올라온 이들의 저력을 무시한 것이 실수 아닌 실수.

'씨바……. 마차 타고 가면 되는 거 아니야? 왜 걸어가는 건데. 마차가 있는데 왜 걸어가냐고. 그거 낼 돈도 없어?'

"아으. 하아……."

'무거워. 슈바. 개 무겁다. 이거 못 들고 갈 것 같은데……. 내 어깨야……. 뒈질 것 같다. 덕구야 씨바 짐 좀 들어줘라. 어디 갔니, 덕구야. 보고 싶다, 박덕구!!'

"하아. 하아. 하으윽."

저도 모르게 자꾸만 신음이 튀어나오기 시작. 이 거지 같은 신음은 멈추려고 해도 도무지 멈춰지지 않는다.

'도대체 왜 안 쉬냐. 제발 좀 쉬자. 물 좀 먹고 가자, 이 새끼들아.'

"하읏으으으읏."

'내 허리. 내 어깨! 이기연 죽는다, 이 새끼들아!!'

"하아앗, 아…… 앗!!"

"제가 조금 도와드려도 되겠습니까?"

여성 클랜원들의 경멸 어린 눈빛이 다시 한번 쏟아지기 시작했다.

"아으, 하아."

"……."

"하아, 하아. 하으윽."

"……."

"하읏으으으읏."

"……."

'하…….'

이기연이라는 여자의 입에서 흘러나오는 소리는 같은 여자가 들어도 얼굴이 붉어질 정도였다.

기가 차서 한마디 하려고 했지만 예의 있게 행동하라는 철우 오빠의 엄포를 들은 이후라 쉽사리 목소리가 나오지 않았다. 덕분에 흘러나오려는 욕을 속으로 삼킬 수밖에 없었다.

'보고만 있으니까 진짜 가지가지 하네. 진짜 미친 거 아니야? 저거 일부러 그러는 거 맞지?'

100% 확신할 수 있을 정도로 노골적이었다. 처음 봤을 때부터 느낌이 좋지 않았던 게 사실. 혹시 하는 생각은 해봤지만 역시나 예상이 맞았다.

얼굴은 화장으로 떡칠하고 명품 가방을 든 채 근처에 서 있었던 것을 보면 무조건이다.

물론 본인은 화장을 하지 않았다고 말하기는 했지만.

'분명히 했어.'

했어야 했다.

'어딜 구라를 쳐?'

남자들이 보기에는 모르겠지만 같은 여자의 눈은 못 속인다. 원정 준비보다 이성에게 잘 보이는 것을 더 중요하게 여기는 사람이 틀림없다. 아니, 차라리 그런 타입이면 양반.

단순히 여우짓을 한다거나 은근슬쩍 얄미운 짓을 한다면 그나마 참을 수 있었으리라. 저런 타입이 어떤 타입인지는 아주 잘 알고 있으니까. 흔하지는 않지만 린델에서는 생각보다 저런 종류의 여자를 많이 찾아볼 수 있었으니까.

'싸구려 같은 년. 아니, 같은 게 아니지. 싸구려니까.'

그 말 그대로. 다른 표현이 필요 있을 리가 없다.

'3년 차에 영웅 등급에 진입해? 그게 말이 돼? 자기가 무슨

파란 길드 정하얀 후계자야? 그런 재능을 가지고 있는데 왜 오퍼를 받지 못하고 있을까아?'

거짓을 추궁하는 것이 아니다. 자신의 능력치를 속일 정도로 멍청한 짓은 하지 않았을 테니 아마 영웅 등급에 진입하긴 했을 것이 분명하다. 스탯과 직업만.

문제는 그녀가 영웅 등급을 진입한 방법에 있다. 전투의 흔적이라고는 눈을 씻고 찾아볼 수 없는 다리와 손. 흉터 하나 없는 몸은 그녀가 어떻게 살아왔는지를 아주 잘 말해준다.

심지어 아주 기본적인 지식도 탑재되어 있지 않다. 임시 파티 계약서도 처음 본 듯한 얼굴이었고 마법사가 기본적으로 해줘야 할 일도 모르고 있다.

던전에 들어가기는 했을 것이다.

'싸워본 적이 없어서 문제시겠죠.'

이쯤 되면 답은 뻔하다. 아무런 재능도 연줄도 없는 여자가 이런 푸시를 받을 수 있는 이유는 단 하나.

'이거 스폰이네. 그것도 대형 길드 간부급한테.'

정확히 말하면 스폰을 받았던 여자가 틀림없으리라. 백 퍼센트 확신할 수 있다. 몸을 바치는 대가로 여러 가지 생활의 편의를 제공받는 것은 물론, 중·소규모 원정에 데리고 나가 억지로 경험치를 먹여 현재의 능력을 얻었을 거라는 건 저 여자의 행동거지만 봐도 충분히 예상할 수 있는 일.

그렇게 생각한다면 그동안 미심쩍었던 행동들이 다 설명이 된다.

'소환 마법사는 개뿔.'

1차 직업으로 마법사를 선택하기는 했지만 머리가 딸려 적응하지 못하고 소환수와의 친화력도 별로라 허공에 붕 뜬 케이스.

억지로 경험치를 먹으니 전직은 해야겠고 결국에는 시스템에서도 그 어떤 선택을 하지 못했다고 생각하는 게 맞다.

몸이 편하니 수박 겉핥기식으로 이것저것 건드려 본 것에 불과. 이름은 번지르르 하지만 직업 고유의 기술은 거의 없을 거라고, 지뢰라고 장담할 수 있었다.

'딱 보면 척이지.'

심지어 여기까지 오게 된 이유도 눈에 그려진다.

'버려진 게 분명할 테고요?'

자신을 총애해 주던 대형 길드의 간부에게 버림을 받고 거리로 내몰린 것.

스폰서와 저 여자 사이에 정확히 무슨 일이 있었는지는 모르겠지만 그 와중에도 아득바득 명품 가방은 챙겨 보겠다고 용쓰는 모습은 비굴하기까지 하다.

아마 몸만 덩그러니 거리로 내몰려 당장 잘 곳과 먹을 것을 걱정해야 하는 처지에 처한 것이리라.

환락가에 들어가는 대신 선택한 것이 원정이라는 것도 우습다. 처음부터 저 여자는 원정 따위 관심도 없었다.

관심이 있는 건 괜찮은 남자를 물어 적당히 자리를 잡는 것. 철우 오빠나 태건이 오빠를 물어보려는 거다. 행동거지를 보면 더욱더 그렇게 생각할 수밖에 없었다.

"제가 조금 도와드려도 되겠습니까?"

멍청이.

"하아. 흐으응. 네? 네? 그래도 될까요? 너무 민폐 끼치는 것 같아서……."

"이런 행군이 익숙해 보이시지는 않으셔서 안 그래도 걱정하고 있던 참이었습니다. 짐은 이쪽으로 주셔도 됩니다. 굳이 거절하지 않으셔도 돼요. 파티원끼리 돕는 건 당연하니까요."

"그렇지만…… 정말로 이대로 넘겨드리기가 너무 죄송한데……."

"괜찮습니다, 기연 씨."

"아니, 정말 이러지 않으셔도 돼요, 철우 씨. 염치가 너무 없는 것 같아서……."

'이러지 않으셔도 된다는데 입은 웃고 계시네요?'

"공략 중에 쓰러지는 것보다는 오히려 이게 더 낫습니다. 기연 씨는 체력에 신경 써주세요."

"그렇게까지 말씀하신다면…… 감사합니다, 철우 씨. 호의 감사히 받을게요."

"그리고 너무…… 미안해하지 않으셔도 됩니다. 마법사가 체력적으로 힘들어한다는 것 정도는 다들 알고 있을 테니까요."

"네. 배려해 주셔서 정말 고마워요."

결국에는 가방을 지는 것은 철우 오빠와 태건 오빠. 짐을 넘겨주고 나서야 이제 살겠다는 듯 기지개를 쫙 켜는 행동은 굉장히 익숙해 보인다. 그 와중에도 샤넬리아 에르메스를 꽉 손에 드는 모습은 가관.

속에서 뭔가가 부글부글 끓어오르는 듯한 기분이었다. 아마 이런 기분을 느끼는 것은 나뿐만은 아니리라. 같이 길드에서 생활하고 있는 3인방도 별반 다르지 않다.

"저 여자……."

"본 적 있어요? 언니?"

"아니. 최소한 우리 숙소 근처에서는 본 적 없는 것 같은데……. 근데 뭐, 안 봐도 뻔하지 않아?"

"네. 뻔하죠. 참…… 사람은 역시나 안 변하나 보네요. 쪽팔리지도 않은가? 그렇게 얻은 힘이 자기 힘인 줄 알고 있는 것 같고. 기본도 모르는 주제에……."

"내 말이. 왜 갑자기 여기까지 와서 저 지랄을 하는지 모르겠네. 기존 스폰한테 버려지기라도 했나 봐."

"적당한 남자 하나 물어서 사모님 행세하려고 하는 거 아니겠어요? 요즘 그걸로 과거 세탁 많이들 하잖아요. 어디서 소문은 들었는지 몰라도 우정 클랜에 이철우, 김태건 정도면 요즘 주가도 올라가고 있고. 솔직히 오빠들 괜찮잖아요. 직업도 한 명은 전위에 한 명은 사제고, 대형 길드를 못 간 게 아니라 안 간 사람들. 미래가 유망하다고요. 저거 꽃뱀이 공사 치고 있는 거랑 비슷한 거예요. 완전히 들러붙으려고. 아까 언니랑 만나기 전에도 가관이었어요. 눈웃음 살살 치면서 멋있다, 듬직하다. 이딴 소리가 지껄이고. 속 보이게. 순진한 철우 오빠는 또 그냥 웃더라고요. 사람이 착해도 너무 착해서 탈이지. 어떤 사람이 저런 여자한테 홀라당 벗겨지는지 그동안은 이해가 안 됐었는데 철우 오빠 보니까 너무 이해되는 거 있죠?"

"말하는 거 보니 민지가 조금 억울한가 보네. 이야기는 해 봤니?"

"네. 출발하기 전에 은근슬쩍 이야기해 봤는데…… 그렇게는 보이지 않는다고 하더라고요. 그리고 이상한 의심은 하지 말라고 꾸중까지 들었어요."

"어머, 어머. 웬일이니. 누가 봐도 그렇게 보이는데. 딱 봐도 엄청 밝히게 생기고 은근히 싼 티 나지 않아? 밤일하는 애들 중에 저렇게 생긴 애들 널리고 널렸어. 신음 소리 일부러 내는 것 좀 봐. 속이 딱 보이잖아. 요즘에도 저런 게 먹힐 거라고 생각하는 건지…… 천박해 가지고……."

"더 웃긴 건 뭔지 아세요?"

"뭔데?"

"이번 원정이 잘 풀리면 저 여자 클랜원으로 받는 그림도 생각해 보고 있나 봐요. 말도 안 되죠, 진짜. 그럴 리는 없겠지만 정말로 저런 사람이랑 얼굴 맞대고 살 거 생각하면 벌써부터 심각해져요."

"어머, 어머. 정말이니? 그건 아니다. 얘."

"제 말이요. 정말 말도 안 되는 것 같다니까요."

"네가 가서 이야기해 보는 건 어때?"

"뭐라고요?"

"그냥 협박 비스무리하게 갈 수도 있고. 선택은 네 몫이지만, 경고 한번 해주는 것 정도는 나쁘지 않을 것 같은데? 정말로 저 여자가 스폰받아서 큰 거라면 무서워서 원정 진행은 할 수 있겠니? 벌벌 떨기 급급할 텐데……."

"그것도 그렇네요. 그, 근데 그러다 중간에 원정 진행 취소되면 어떻게 해요? 철우 오빠, 이번 원정 엄청 기대하고 있었는데……."

"그것도 그러네. 근데 나는 저 꼴 계속 못 볼 것 같아. 저런 애들 때문에 다른 여자들도 싸잡아 욕먹는 거야. 원정을 할 거면 모험가처럼 행동해야지, 어? 무겁다고 징징거리고 툭하면 티 내고. 애초에 이 대륙에서는 여자라고 보호의 대상이 되는 것도 아니잖아? 차희라 님 같은 사람들 봐. 본받지는 못할망정 꼭 저렇게 자기가 여자인 걸 티 내고 이용하는 애들이 있다니까? 그래서 문제야. 문제."

"그러니까요. 짜증 나, 정말."

조용히 쓸데없는 이야기를 나누고 있었던 바로 그때였다.

"잠깐 쉬었다 가겠습니다."

"벌써?"

"네. 아주 조금만요. 제가 조금 힘들어서 말입니다. 죄송합니다. 미안하다, 태건아."

"아니야. 마침 나도 조금 쉬고 싶은 참이었는데. 캠프를 차리는 것까지는 오바인 것 같고, 적당히 자리 잡고 식사라도 합시다. 요깃거리 있으면 그거라도 좀……."

'정말…… 착해서 탈이라니까.'

잠깐의 휴식 시간을 가지는 이유가 철우 오빠 때문이 아니라는 건 모두가 잘 알고 있을 것이다. 아마 이기연인가 뭔가 하는 여자를 배려한 것이 틀림없으리라.

굳이 자신이 힘들다는 걸 어필하면서 그녀를 감싸준 것은 보면 정말로 무골호인인 모양.

조용히 철우 오빠를 바라보자 물을 떠 그 여자에게 건네는 모습이 눈에 들어왔다.

'진짜 바보라니까.'

눈웃음을 살살 치며 물을 받아드는 이기연의 모습도 눈에 잘 들어온다. 심지어 물을 받아들 때 손을 스친 것 같다. 무척 붉어진 철우 오빠의 얼굴을 보니 거의 확실할 것이라는 생각이 들었다.

'하!'

그다음에 보인 모습은 더 가관이다.

"아, 이런……."

"괜찮으십니까?"

저 물컵은 하필이면 왜 저 불여시의 가슴 쪽에 엎질러졌을까?

"자꾸 칠칠치 못한 모습만 보이는 것 같네요. 사실 어젯밤에 조금 피곤한 일이 있어서……. 평소에는 그렇지 않은데……. 정말 죄송해요."

밤에는 항상 힘드시겠죠.

"그보다 손수건 같은 게 있으면 잠깐 빌려주시겠어요?"

"네…… 아, 알겠습니다."

"이건 제가 시간 날 때 빨아서 돌려드릴게요. 땀도 닦아도 괜찮나요?"

"네, 네, 괜찮습니다."

'하.'

괜스레 눈에서 불이 뿜어져 나오는 것만 같은 심정.

"그럼 잠깐만……."

"네."

"저도 잠깐 다녀올게요, 언니."

"응. 적당히 해."

천천히 뒤를 밟는 것은 당연지사. 방금 대화처럼 협박이나 다른 걸 하려고 하는 게 아니었지만 한마디 하지 않고서는 도저히 참을 수가 없을 것 같았다.

파티원들을 지나 이기연이 있는 곳으로 성큼성큼 걸어가자 때마침 이쪽을 바라보며 활짝 웃고 있는 그녀의 얼굴이 시야에 비친다.

"민지 씨, 무슨 볼일이라도 있으세요?"

"네. 물어보고 싶은 게 있어서요."

"네. 대답해 드릴 수 있으면……."

"혹시 누구였어요?"

"네?"

"검은 백조? 파란? 붉은 용병? 아니면 다른 쪽인가? 무조건 대형 길드라고 생각했는데…… 중견 이상은 되죠? 아직도 그런 거 해요? 대형 길드나 되어 가지고? 진짜 쓰레기 같은 남자들 많네."

"무슨 말씀을 하시는지 모르겠는데……."

"다 알고 있으니까 그렇게 시치미 떼지 않으셔도 돼요."

"그러니까 지금 무슨 말씀을……."

"누구한테 스폰받았던 거예요?"

답답했던 가슴이 뻥 뚫리는 기분이었다.

"검은 백조? 파란? 붉은 용병? 아니면 다른 쪽인가? 무조건 대형 길드라고 생각했는데. 중견 이상은 되죠?"

"무슨 말씀을 하시는지 모르겠는데……."

"다 알고 있으니까 그렇게 시치미 떼지 않으셔도 돼요."

"그러니까 지금 무슨 말씀을……."

"누구한테 스폰받았던 거예요?"

'얘는 도대체 무슨 개소리를 하는 거야?'

어이없는 상황이었다. 순간적으로 붉은 용병의 단장 차희라의 이름이 생각난 것은 당연지사.

이기영이 차희라에게 스폰을 받아 성장했다는 건 사실이지만 이기연은 아니다.

'뭐 이상할 게 있었나?'

어째서 갑자기 스폰 이야기가 나오는지 궁금한 것이 당연하리라. 뭔가 켕길 만한 행동을 한 기억은 없다. 적어도 이번 원정을 진행하는 동안은 내가 이기영이라는 사실을 걸릴까 굉장히 조심스럽게 행동했고 대형 길드 이야기는 꺼낸 적도 없다.

파란이나 붉은 용병, 검은 백조와의 연관성을 찾을 수가 없게끔 행동했다는 거다.

'혹시 가방 떠넘긴 것 때문에 그래? 나 지금 텃세 때문에 견제

당하고 있는 거야? 아니, 그럼 힘들어 죽을 것 같은데 어떡해?'

어지간하면 참고 갔을 것이다. 하지만 정말로 어깨가 빠지는 줄 알았다. 고급화되어 있는 빛기연의 몸뚱아리에 이런 육체노동 따위는 필요하지 않다.

이를테면 이 모든 게 단순한 텃세라는 추측. 이 추측이 사실이라고 생각하니 린델의 고인물들에게 다시 한번 박수를 보낼 수밖에 없었다.

'외지인이 싫으면 지인팟으로 가든가……. 왜 받아놓고 지랄이야, 지랄은……. 던전 문화 한번 거지같이 만들어놨네. 너네가 이끼야 뭐야?'

간혹 이런 문제가 터지는 경우가 있다고 들은 적 있다.

인원이 부족해 보여 파티원으로 받곤 이후에는 나 몰라라. 지인끼리 단합해 한 명에게 불이익을 주거나 분배 자체도 본인들에게 유리하게 설계하는 방식의 비매너 플레이.

교국법상으로 문제는 없지만 그래도 엄연히 대중에게 배척당하는 행위다. 이 여자도 그런 부류가 아닐까 생각하니 조금은 머리가 아플 수밖에 없었다.

'아냐. 그렇다고 하기에는 남자애들이 너무 협조적인데…….'

너무 세상 물정 모르는 것처럼 느껴질 수도 있겠다는 생각이 든 것은 바로 그때. 직접적인 언급은 없었지만 대형 길드의 후원을 받은 마법사가 장난삼아 원정을 나왔다는 그림으로 보일 만도 하다.

계약서가 처음 튀어나올 때도 의아한 표정을 보였었고, 무엇보다 3년 차에 영웅 등급이라는 성장치는 후원받는 마법사가 아니면 이루기 어려운 일이다.

재능을 가지고 있는 마법사가 대형 길드나 중견 클랜으로 오퍼를 받지 못했다면 정답은 뻔할 뻔 자.

'후원이지, 뭐.'

솔직히 질문 자체가 달갑지는 않았다. 파티에 합류해야 하는 건 대형 길드의 후원을 받는 이기연이 아니라 하루 벌어 하루를 살아가는 이기연이었으니까.

어떻게 변명을 하는 게 좋을까? 잠깐 생각을 정리하고 있었을 때 다시 한번 앞쪽에서 목소리가 들려왔다.

"하. 모르는 척하는 것 좀 봐. 뭘 그렇게 순진한 척 굴어요? 이미 뻔한데. 얼굴에 다 쓰여 있어요, 기연 씨."

'일단은 잡아떼자.'

"……정말로 무슨 말씀을 하시는지 모르겠는데요? 갑자기 후원이라뇨?"

"후원? 그래. 그것도 후원이기는 하지. 네 몸 팔아서 받는 후원. 그게 스폰이지. 안 그래요?"

'이건 또 무슨 개소리야?'

"아니, 도대체 무슨 말을……."

"나도 알 건 다 알아요. 린델 바닥에서 구르고 굴렀다고요. 들어온 지 4년 차면 이 바닥이 어떻게 돌아가고 있는지 다 안다고요. 어떻게 3년 차에 영웅 등급을 찍을 수 있었는지도. 아무것도 없다는 당신이 왜 그런 명품들을 걸치고 있는지도. 기본적인 원정에 대한 상식이 없는 것도 그렇고…… 무엇보다 기연 씨 행동거지가 너무 뻔하게 보이잖아요? 개 버릇 남 못 준다더니 원정 와서도 그딴 식으로 하고 싶어요?"

'왜 이래, 너? 내가 뭘 어쨌다고. 내가 뭘 했는데?'

"무슨 생각을 하고 있는지는 알 것 같은데. 이제부터라도 새 삶 찾으려고 발악하는 거라면 더 이상 그딴 식으로 살지 마세요. 눈웃음치고 엉덩이 살랑살랑 흔들면서 아부 떨고 살면 즐거워요? 자기도 부끄러울 거 아니야."

"……."

"괜히 순진한 오빠들 꼬드기지 말라고요. 어디서 우정 클랜이 유망하다는 소리를 주워듣기는 했나 봐요? 노린 거…… 맞죠? 알고 접근한 거면 진짜 소름이다, 소름."

'무슨 개소리냐, 이년아. 우정 클랜이고 사랑 클랜이고 나발이고 듣지도 못했는데. 네 생각이 더 소름이다.'

"당신 같은 사람 때문에 저희 같은 진짜 모험가들도 욕을 먹는 거예요. 철우 오빠예요? 태건이 오빠예요? 취집해서 신분세탁 할 생각은 집어치우라고요. 어차피 철우 오빠 같은 사람은 당신 그 더러운 몸뚱이에는 관심도 없겠지만…… 제가 보는 게 불편해서 그래요. 원정 중에 이러는 건 아니죠. 저기요, 기연 씨. 이건 경고예요."

"경고?"

"네. 경고요. 일이 이렇게 됐으니 원정이 끝날 때까지는 함께 움직일 테지만 눈에 띄는 행동은 하지 말라는 경고요. 신분 세탁 하려고 마음먹었으면 실력으로 보여줘요. 같잖게 가슴 내밀고 신음 흘리면서 분위기 흐리지 말고. 아니면 제가 아는 인맥 총동원해서 이 구역에서 완전히 묻어버릴 테니까. 알아듣겠어요?"

'뭐, 인맥을 총동원해?'

"별로 예쁘지도 않으면서…… 어중간하게 생긴 것들이 더하다니까."

"……."

'그래도 너보단 내가 더 예뻐. 호박같이 생긴 게…….'

"쓸데없는 데 집중하지 말고 공략에나 집중하자고요. 화장도 좀 지우고."

"화장 안 했……."

"아, 진짜!"

"……."

"……."

아, 진짜! 얘를 어떻게 해야 하지? 무언가 켕기는 게 있다면 조금 덜 억울했을 것이다.

눈웃음은 물론 엉덩이도 흔든 적이 없다. 가슴을 내밀었다는 건 또 무슨 개소리인지 알 수 없을 지경. 단언컨대 절대로 그런 여자로 비칠 만한 행동을 한 기억이 없다.

차라리 대형 길드의 정식 후원을 받고 있다는 게 더 설득력 있다고 생각해도 될 만한 수준이다.

옷도 제법 수수하게 입었고, 샤넬리아 에르메스를 들고 있기는 하지만 장비 수준 역시 딱 평균.

'조신 그 자체였잖아. 조신 그 자체!'

현모양처의 정석이요, 조신의 여왕이었다. 그러나 꽤 노력했는데도 대중의 평가는 싸늘. 당황스럽지 않은 것이 이상하리라.

밀려드는 억울함에 뭐라 말을 하기 전에 국민지는 한마디 더 내뱉고 시야에서 사라지기 시작.

"창녀같이 살지 말아요."

나름 명대사를 친 줄 아는지 의기양양하게 발걸음을 옮기고는 있지만…….

'내 복장보다는 네 복장이 더 심하지 않아?'

그 말이 딱 맞다. 적어도 나는 로브로 전신을 가린 편이다. 눈앞에 있는 여자는 도적이랍시고 몸에 딱 달라붙는 타이즈를 입고 있다.

도대체 가슴 부분은 왜 파였는지 알 수 없지만 적나라하게 가슴골이 보일 정도. 아직도 노출도가 곧 방어력이라고 생각하는 모지리가 있을 줄은 상상도 하지 못했다.

쉽게 말하면 라인이 전부 다 드러날 정도라는 거다. 누가 누구 보고 창녀라고 하는지 모르겠지만 누가 봐도 조신녀는 이기연. 몸을 함부로 굴리는 쪽은 국민지다.

괜스레 거울을 바라보자 다시 한번 전체적인 얼굴이 시야에 비친다. 어떻게 봐도 조신한 그 얼굴.

'질투? 정말로 텃세?'

이유는 알 수 없지만 잠깐 동안 정의의 철퇴를 내릴지 고민해 본 것은 당연지사.

상황 정리는 빠를 것이다. 이기영이라는 사실을 밝힌 이후 곧바로 뚝배기를 사정없이 연타. 우정 클랜 같은 소규모 클랜은 말 한마디로 대륙 내에서 완전히 지워 버릴 수도 있다.

그뿐인가. 말실수의 대가로는 조금 심하지 않나 싶기도 하지만 악마의 졸개들로 만들어버릴 수도 있다.

문제는 현 상황에선 스스로 마법을 풀 수 없다는 것. 물론 믿고 안 믿고는 저들의 자유지만 괜히 다른 구설수에 휘말릴 수도 있을 가능성을 생각하니 지금 나서는 게 오바일 수도 있다는 생각이 들었다.

'끌리는 게 없네.'

사실 조금 귀찮기도 하다. 파티를 구해 원정을 떠난 지 얼마 안 되기도 했고, 여기서 한 번 뒤집으면 기분은 조금 나아지겠지만 다시 한번 파티를 구해 똑같은 일을 반복해야 한다.

내가 이 나라의 명예추기경이라 외쳐봤자 미친년 취급받지 않으면 다행.

'별일은 없겠지, 뭐.'

빛기영이었다면 참지 않았을 모욕적인 언사. 어떻게든 저 깨어 있는 시민의 뒤통수 때리고 싶었지만 내게 머물고 있는 현자의 기운은 내가 흥분하는 것을 허락하지 않았다.

'이번 일 끝날 때까지만 조용히 있자, 기연아.'

확인할 것만 한 이후에 응징은 천천히 주면 된다. 일단은 저 파티에게 원하는 것이 있으니 그것만 얻은 이후라면 자연스럽게 해결될 것이다.

이성의 끈을 부여잡으며 발걸음을 옮기자 나를 기다리고 있는 파티원들이 시야에 비친다.

바보 같은 표정으로 이쪽을 바라보는 남성들보다 더 눈에 띄는 것은 고소해 죽겠다는 얼굴을 하고 있는 여성 4명. 아마 국민지가 나머지 떨거지들에게 방금 무용담을 전한 것이 틀림없으리라.

'한 방 먹였다고 신났네.'

불 보듯 뻔하다.

'그래 많이 웃어둬라. 많이 웃어둬. 이젠 귀엽다, 이년들아.'

얌전하고 순수한 것은 물론 조선시대로 돌아가도 조신하다는 소리를 들을 이기연을…… 어째서 그런 여자로 모는지 모르겠지만 저 여성 군단에게는 아까 일어난 사건 아닌 사건이 통쾌한 일처럼 보일 터.

그녀들의 표정이 조금 달라진 것은 이철우와 김태건이 내게 접근한 이후였다.

"출발해도 되겠습니까?"

"아. 제가 기다리게 했나 봐요. 죄송해요, 철우 씨."

"그렇지 않습니다. 저희도 이제 막 자리에서 일어난 참이라."

"여러 가지로 배려해 주셔서 감사합니다."

"거듭 말씀드리지만 당연한 일입니다."

"마음 편하게 함께 다녀오시면 됩니다, 기연 씨. 안 그래도 지인 팟에 끌려오시니 분위기 자체가 불편하셨을 텐데……. 저희 쪽에서도 최대한 배려해 드리는 게 맞죠. 그렇지 않냐? 철우야?"

"그래. 네 말이 맞다."

"도움이 필요하시면 부담 갖지 마시고 말씀하시면 됩니다. 걷기 힘드시면 업혀서 가셔도 되고요. 하하. 농담입니다."

"후훗. 클랜 분위기 좋네요."

"만약 소속되어 있는 곳이 없으시다면 가입이라도…… 이것도 농담입니다."

"태건 씨도 참……."

내가 생각해도 형성되어 있는 분위기는 훈훈 그 자체라고 할 수 있다.

두 남정네와 대화를 하는 동안 점점 더 썩어가고 있는 갤러리의 얼굴을 보니 어째서 갑자기 나를 찾아와 극딜을 넣은 뒤 사라졌는지 이해할 수 있을 것 같았다.

'아하…….'

너무 뻔해서 오히려 눈치채기가 힘들다.

'키야. 너네 진짜로 질투하는구나?'

클랜의 중심인 두 남정네가 내 발이라도 핥을 기세로 달라붙어 오는 걸 부러워하고 있음이 분명.

이 조신한 매력은 따로 작업을 치지 않아도 나 스스로를 여왕벌로 만든다.

'여왕벌 그 자체!'

저 두 놈을 나에게 뺏겼다고 생각하고 있는 거다. 철우 씨를 어지간히 신경 쓰고 있었는지, 국민지의 얼굴은 특히나 가관. 평소의 정하얀 같은 얼굴을 하고 있다.

다른 여자들도 별반 다르지 않다. 통쾌함이 머물었던 아까의 얼굴은 이미 없다. 푸르죽죽한 얼굴은 썩고 있다 가정해도 무리가 없을 정도.

어떻게 할까 고민한 것은 당연. 하지만 여기에서는 일보 후퇴. 살짝 한 발 떨어지자 안심하는 듯한 표정들이 눈에 띈다.

'나도 고추들한테는 관심 없다, 이년들아. 우리 사이좋게 지내야지. 응?'

원활한 진행을 위해 일정 거리를 유지하는 것은 상식 중의 상식.

하지만 이 미친 남정네들은 뭘 잘못 처먹었는지 하루 종일 나에게 접근하며 스몰톡을 날려대고 있었다. 현시점부터. 균열 랜드에 도착하는 그 순간까지.

'뭐야. 시바. 이 새끼들 왜 이래? 왜 이렇게 앵겨? 왜 이렇게 앵기는 건데?'

발정이라도 난 모양새였다.

123장
균열 랜드에 오신 것을 환영합니다

'하, 이 새끼들 이거 성향이랑 기벽도 완전 메이저에 정상인데.'

애초에 가장 평범하고 노멀한 놈들을 골랐다. 그럴 일은 없겠지만 내가 가지고 있는 기벽에 영향을 받을 수도 있다고 생각했기 때문.

여성 군단 역시 마찬가지다. 김현성이나 과거의 엘레나처럼 완전무결한 인성을 가지고 있는 것은 아니었지만, 적어도 일그러진 성향을 가지고 있는 사람들은 아니었다.

그런데도 이 모양이라니.

'이 새끼들아, 좀 떨어져라. 가까이 오지 마. 말도 작작 걸고.'

귀찮을 정도로 말을 걸어오고 있는 것은 물론 호감을 얻기 위해 쇼를 펼치고 있는 것이 보인다.

나 역시 남자기 때문에 잘 알 수 있다. 간이고 쓸개고 다 떼어주려고 행동하는 것은 물론 발가락 사이에 낀 때라도 핥을 기세.

내 타입과는 완전히 거리가 멀지만 이기연이라는 인간이 생각보다 매력적인 인간이라는 걸 깨달을 수밖에 없었다. 덕분에 우정 클랜의 여성 멤버 4인방이 더욱더 나를 노려보는 게 느껴진다.

나도 이 새끼들을 밀어내고 싶지만 도저히 밀어내지지가 않는다. 단순히 파티원이 받아야 할 친절 이상의 친절을 받고 있다.

배짱은 없는지 쓸데없는 짓을 해오지는 않았지만 움직이기 귀찮아졌다는 건 부정할 수 없으리라.

'그래도 일단 도착하긴 했네.'

남정네들과 발악과 여편네들의 경멸 어린 눈빛을 견디느라 힘들었지만 결국엔 마차 없이 이곳으로 오는 것에 성공했다.

'이따 포션으로 마사지라도 해야겠다. 시바……. 다리 아파 뒈지겠네.'

대단한 것을 이룩한 것은 아니었지만 자신과의 도전이라고 봐도 무방한 거리를 행군했다.

튜토리얼 던전을 제외하면 이 정도로 걸어본 기억이 없다. 당시에는 필사적으로 움직이느라 몰랐지만 등 따시고 배부른 지금, 이만한 거리를 그냥 이동한다는 건 상상도 할 수 없는 일.

하지만 이렇게 막상 도착하니 나쁜 기분은 아니었다.

'생각보다 잘해놨는데?'

그 말 그대로 시간이 없어 대충 휘갈겼다는 이지혜의 말과는 다르게 한눈에 보기에도 무척 질이 좋아 보인다.

도로도 확실하게 깔려 있고 공사 중인 곳도 많이 보이긴 하지만 제대로 된 상가의 형태도 보인다. 공사가 진행 중인 규모는 거의 대도시라고 봐도 무방할 정도.

뭐, 전 대륙에서 인간들이 몰린다고 생각하면 이 정도도 부족하긴 하다.

'일주일 정도만 지나면 확실히 더 괜찮아지겠네.'

균열 랜드에 대한 첫인상이었다.

"도착했네요."

"생각보다 사람이 많은 것 같습니다. 하하."

"예상했던 것보다 더 많은 것 같은데."

"그러게 말입니다. 오늘 내로 입장은 할 수 있을지 모르겠군요."

"아마 충분히 가능할 거예요. 처음부터 많은 인원을 수용할 수 있다고 들었던 터라……. 일단 신고부터 하는 게 나을 것 같아요. 조금 늦어도 내일 안에는 들어갈 수 있지 않을까요?"

'조금 늦었네.'

파티를 구하는 것도 늦었고 걸어오는 것도 느렸다. 하지만 그리 나쁘다는 생각이 들지는 않았다. 어차피 파티의 입장에서는 행군으로 지친 몸을 회복해야 했고 나는 이곳을 조금 더 둘러봐야 했으니까.

정확히 뭐가 어떻게 되어 있는지 잘 알아놔야지.

'오히려 좋고요.'

"일단 숙소부터 구하는 게 좋겠습니다. 이 상태로 계속 돌아다닐 수는 없으니까요."

"네."

클랜마스터의 말에 고개를 끄덕이고 발걸음을 옮긴 것은 당연지사.

천천히 걷고 있는 와중에 여러 종류의 모험가들이 보인다. 심지어 한참 전부터 냄새를 맡은 놈들도 있었는지 제법 고위 모험가들도 눈에 띈다.

인종도 다양. 백인이나 흑인들도 보이는 것을 보니 몇몇은 그리폰이라도 타고 날아온 모양인 것 같았다.

정신없이 길을 걷고 있는 와중에 파티의 움직임이 멈춘 곳은 커다란 주점. 숙박업도 겸하고 있는 곳이다.

뭔가에 홀린 듯이 안쪽으로 들어가기 무섭게 사방에서 인사하는 소리가 들려왔다.

"균열 여관에 오신 것을 환영합니다! 모험가님들! 혹시 저희 여관은 처음이십니까?"

'서비스 좋네.'

"네. 방금 막 도착했습니다만 혹시 남는 방이 있습니까?"

"네. 물론입니다. 모험가 여러분! 현재 호실별로 딱 20개 남는 방이 있고요! 저희 여관에서 서비스하는 룸은 네 종류로서 일반 등급, 희귀 등급, 영웅 등급, 전설 등급으로 구성되어 있습니다. 카탈로그를 보시면 자세한 설명이 나와 있으니 참조해 주시고요. 일반 등급은 하루에 1골드, 희귀 등급은 5골드, 영웅 등급은 20골드, 전설 등급은 50골드입니다. 1인 기준이고 서비스 비용은 포함되어 있지 않은 금액입니다."

'어우야…….'

하루에 10만 원, 50만 원, 200만 원, 500만 원. 심지어 서비스 비용도 포함되어 있지 않단다.

'지혜야, 씨바 네가 사람이냐. 가격이 무슨, 씨바……. 실화야? 빼먹어도 적당히 빼먹어야 하는 거 아니냐고.'

하지만 입가에는 미소가 절로 그려진다.

나에게는 어린애 장난 같은 금액이지만 이제 막 성장하는 모험가들에게는 분명히 부담되는 가격. 예상대로 우정 클랜 여러분의 표정은 순식간에 썩어들어가는 중이다.

돈을 벌러 왔다가 돈을 쓰고 갈 수도 있다고 생각하고 있는 게 눈에 보일 정도였다.

클랜마스터는 대놓고 고민을 하기 시작했고 부클랜마스터

는 카탈로그를 넘긴다.

"클랜마스터, 너무 비싼 거 아닐까요?"

"하지만 따로 방법이 없으니……."

나 역시 슬그머니 카탈로그를 펼친 것은 당연지사. 전설 등급에 랭크되어 있는 룸을 보자 절로 고개가 끄덕여진다.

'키야. 내 방보다 더 좋은 거 같은데?'

으리으리한 게 아주 대궐이나 다름이 없다. 서비스 품목으로 나오는 것도 만만치 않다. 피로 회복 주문을 외울 수 있는 사제가 24시간 대기 중이란다.

메이드 바이 이기영 포션도 기본으로 지급되는 것은 물론, 나오는 식사도 고급 레스토랑 이상의 퀄리티를 보여주고 있다.

장기간 투숙하고 있는 고객들을 위해 여러 가지 편의가 제공되는 것은 물론, 전설 등급 이상의 회원들만 따로 사용할 수 있는 연무장도 마련되어 있다.

이곳에서 평생 살아도 지장 없을 정도.

'여기서 살고 싶다…….'

영웅 등급도 그리 나쁘지는 않아 보였다. 예전 내 방을 보는 느낌. 전체적으로 고급스럽다는 인상도 있고, 전설 등급의 방보다는 서비스의 질이 낮아졌지만 충분히 감안할 수 있는 수준.

물론 희귀 등급부터는 이야기가 조금 달라진다. 마치 원룸을 보는 느낌. 그나마 있을 건 전부 있지만 솔직히 저런 곳에서 자면 편히 잘 수가 없을 것 같았다.

마지막 일반 등급은 내 기준…….

'돼지우리나 다름없잖아.'

"일반 등급으로 잡아야겠죠?"

"네. 여기…… 일반 등급으로……."

나도 모르게 혼잣말이 튀어나올 정도였다.

"말도 안 돼. 이, 이런 데서 어떻게 자……. 하으."

시선이 집중되는 것은 순식간.

괜스레 눈초리가 따갑다.

여성 군단이 나에게 경멸의 눈빛을 보내는 것이 느껴진다. 실수했다는 걸 깨닫기는 했지만 이 발언을 한 것에 한 점의 부끄러움도 없다.

'그만 좀 봐라. 나도 모르게 튀어나온 말이니까. 그리고 솔직히 너네도 여기서 자기 싫잖아. 시바……. 화장실도 공용이래. 얼마나 더러울지 상상이 돼?'

솔직한 것은 죄가 아니다.

내 표정이 그렇게 별로였는지는 모르겠지만 갑작스러운 한마디에 침묵이 내려앉았다. 먼저 입을 연 것은 덩치 큰 놈 쪽이었다.

"하루 정도는 조금 무리해도 괜찮을 것 같은데. 철우야, 예산은 충분하잖아. 우리가 돈이 없는 것도 아니고."

"새로운 장비 맞추느라 남은 돈이 많지는 않아. 클랜 하우스를 사려고 모은 돈이 있기는 하지만…… 그건 정말 건드리면 안 되는 돈이니 아무래도……."

"하루 정도는 편하게 쉬는 것도 나쁘지 않을 거라고 생각한다."

"하지만……."

"내일이면 던전에 들어가게 될 텐데 그때까지는 푹 쉬는 게 중요하지 않을까 싶다. 내가 봐도 일반 등급의 방은 오히려 컨디션을 망치게 할 것 같은데. 원정 전에 항상 100%의 컨디션을 유지해야 한다고 입버릇처럼 말하던 게 바로 너 아니야? 우리 좀 쓸 때는 쓰자. 막말로 너랑 나랑은 상관없겠지만, 우리 여성 클랜원들은……."

"저는 괜찮아요."

"저도요."

"노숙도 많이 했는데요, 뭐."

'난 안 괜찮아. 이년들아. 착한 척하지 마.'

"……."

저도 모르게 표정이 침울해진다.

"기연 씨도 몸이 많이 안 좋으신 거 아닙니까?"

"아니요. 그렇지는 않아요. 다리만 빼면……. 저는 신경 쓰지 마세요. 푹 자면 나을 것 같아요."

"봐라, 철우야. 어디 여기에서 발이나 뻗고 잘 수 있겠어? 최소한 희귀 등급에서는 묵어야 그나마 쉰 느낌이 날 것 같은데……."

'잘한다, 덩치.'

"어차피 던전 공략을 완료하면 우리 나름대로 성과가 있을 테니까. 다시 채워놓는다는 생각으로 눈 딱 감고 한 번만 쓰자. 계속 여기서 이렇게 실랑이하는 것도 부끄럽고. 안 되겠냐?"

"실패할 가능성은……."

"내가 노력할게. 부탁한다, 철우야."

"네가 그렇게까지 말한다면…… 그렇게 하는 게 좋겠다."

'그래. 바로 그거야.'

희귀 등급의 방으로 결정. 성에 차지는 않지만 기분 좋은 미소가 그려지기는 한다.

"희귀 등급의 방으로 하겠습니다."

"탁월한 선택입니다, 모험가님. 현재 던전 공략을 위해 희귀 등급의 방을 찾아주신 여러분께는 오픈 프로모션으로 파란 길드에서 제조한 희귀 등급의 체력 포션을 드리고 있거든요."

"그, 그렇군요. 감사합니다."

'개 쓰레기 하위 라인이네. 줘도 안 먹는 거.'

하지만 우정 클랜 사람들의 얼굴이 그나마 밝아지는 게 보였다.

하룻밤에 50만 원이나 받는 주제에 쓰레기 저급 포션으로 생색내기.

전형적인 팔이피플의 상술이었다. 그나마 기분 좋으라고 던져준 것이다.

내가 이런 생각을 하고 있는지 모르는지 접수원은 다시 한 번 친절한 표정으로 모험가들의 등쳐먹을 준비를 하기 시작. 하나하나가 성과제일 테니 지금부터가 중요할 것이다.

"박물관을 공략해 주실 모험가분들이 맞으시죠?"

"네. 맞습니다."

"수속은……."

"방금 막 도착해서 아직 신청은 하지 못한 상태입니다. 만약에 신청서가 필요하다면 지금 바로 마치고 들어올 수 있도록 하겠습니다."

"아니요. 모험가님들! 그럴 필요는 없으십니다. 저희 균열 여관에서 도와드릴 수 있는 부분이니까요. 던전의 등급은 어떤 등급으로 하시겠습니까?"

'모험가 친화적이야. 이건 마음에 드네.'

"영웅 등급입니다."

"영웅 등급의 던전, 총 500골드 되겠습니다. 하지만 오픈 프로모션으로 300골드에 이용 가능하시고요!"

"네."

"총 여섯 분 등록해 드렸습니다. 출발은 내일 오후에나 가능할 것 같고요. 체크아웃하신 다음에 곧바로 저희 안내원을 따라가시면 됩니다. 그리고 혹시 원정 보험이 필요하시다면…….”

“원정 보험이 뭡니까?”

“혹시나 원정이 실패로 돌아갔을 때를 대비한 보험입니다. 소중한 모험가 여러분의 목숨은 단 하나뿐이니까요. 저희 균열 랜드에 소속되어 있는 실력자들이 24시간 특수한 상황을 대비하고 있습니다. 고위 사제 역시 포함되어 있는 보험이니 생존율이 올라가겠죠? 가끔은 고수분들이 사냥을 도와드릴 때도 있다고 하네요. 가격은 숙소와 동일합니다. 일반, 희귀, 영웅, 전설로 구별되어 있고요.”

“…….”

“…….”

“자금이 부족한 분들을 위해…….”

“…….”

“대출 서비스도 진행해 드리고 있습니다.”

‘와……. 이지혜 진짜 너 너무 쓰레기 아니냐? 아무리 그래도 이건 너무 쓰레기다! 그런데! 사랑한다, 지혜야!’

마지막 대사에는 나조차도 혀를 내두를 수밖에 없었다.

“대출 서비스입니다.”

방금까지 귀여웠던 종업원의 목소리가 악마의 목소리로 들리기 시작했다. 눈을 빛내고 있는 여관 종업원의 모습은 일순간 이지혜를 떠올리게 할 정도였다.

'네가 사람이냐 지혜야? 넌 진짜 인간이 아니다.'

나 역시 여러 가지를 생각해 보기는 했지만 대출 시스템은 미처 생각하지 못했다. 균열랜드의 이익을 극대화시킬 작은 거인의 비장의 무기. 하지만 그만큼 효율적이기도 했다.

'진짜 악랄하다, 이지혜. 진짜 괜히 가면 쓰레기가 아니구만, 이거.'

나 역시 스스로를 쓰레기라고 느낄 때가 많았다. 물론 아주 가끔이기는 하지만 갑작스레 밀려드는 자괴감에 고민에 빠진 적도 있다. 하지만 지금 와서 이지혜가 하는 걸 바라보니 그간의 고민이 전부 해소되는 느낌.

이기영이 아무리 날고 긴다고 한들 가면 여자 앞에서는 원자력 발전소 앞의 반딧불이요, 밀려드는 쓰나미 앞의 어린이용 풀장. 도를 넘은 악랄함에는 저도 모르게 박수를 보낼 수밖에 없었다.

균열 랜드에 들른 모험가들을 모두 빚쟁이로 만들려는 심산.

대충 그림이 그려진다. 뭐가 됐든 이곳에 와서 돈을 쓰는 모험가들은 부푼 꿈을 안고 던전에 진입할 것이 분명.

예상하지 못한 지출은 쌓이게 마련이고 결국 생각지도 못한 커다란 돈을 소비하게 된다.

던전에 들어간 이후 공략에 성공하면 그동안 날렸던 것들을 복구할 수 있겠지만 단 한 번이라도 삐끗하게 된다면 그 시점에서 이미 통장 잔고는 마이너스.

이런 이들이 쉽사리 균열 랜드를 떠날 수 있을 리가 없다. 손해를 보는 원정만큼 비참한 것도 없으니까.

다시 한번 부푼 꿈을 안고 도전한다거나 최소한의 피해는 메우기 위해 치밀한 분석과 연구 끝에 던전에 진입하려 할지도 모른다. 그리고 다시 한번 던전에 가기 위한 소비를 시작한다.

숙박료, 보급품, 장비, 던전 입장 비용, 보험 비용, 식사 등등. 머무르는 것 자체가 돈이요, 소비 활동. 재도전한 던전에서 좋은 성과를 거두더라도 기존에 사용했던 것들을 퉁 치기에는 어려울 것이 분명했다.

'하…….'

결국에는 인간쓰레기 이지혜가 파놓은 덫에 개미지옥처럼 빨려 들어가는 것밖에는 할 수 있는 게 없다는 거다.

균열 랜드를 나온 이후에는 이미 빚쟁이가 된 상태. 평생을 벌어도 이자밖에 갚지 못하는 신세가 되어 대륙의 사냥터를 떠돌아다니게 되리라.

조금 가슴 아픈 결말이라 생각할지도 모르겠지만 사실 그 취지는 맞다.

모든 걸 잃기는 하겠지만 어쨌거나 그동안의 경험으로 녀석들은 강해질 거고, 열심히 살 수밖에 없는 처지에 놓이게 될 것이다. 과거 나태했던 자신을 반성하고 온종일 몸을 굴리게 될 거라는 거다.

조금 가슴이 아프기는 했지만 과감히 고개를 끄덕일 수밖에 없었다.

아프지 않은 주사는 없다. 정체되어 있는 대륙에 놓을 뜨거운 백신.

이 커다란 그림은 엘룬 쓰레기는 물론 베니고어마저 감동의 눈물을 흘리게 할 것이다.

'키야…….'

혼자 여러 가지 생각을 하는 와중에도 눈앞에 있는 여관 종업원은 먹이를 노리는 매의 눈빛으로 우리 파티를 바라보고 있는 중.

'그래. 그럴 만하지.'

저 여관 종업원이 우리에게 판매하는 모든 것이 성과일 터. 보험을 들게 하는 것은 물론 대출까지 땡기라고 유혹하는 눈빛에는 나 역시 긴장할 수밖에 없었다. 소비를 유혹하는 눈빛에는 그 어떤 이도 버틸 수 없으리라.

"대출도 있구나……."

"균열 랜드는 모든 게 모험가님들의 편의를 위해 마련되어 있으니까요. 고객의 편함을 가장 중요하게 생각하자는 게 저희 균열 랜드의 모토입니다."

'입에 침 한 번 안 바르고 거짓말하는 클라스 보소.'

"아무래도 불편하신 점이 많으실 테니까요. 모험가분들은 원정에만 집중하실 수 있게 여러 가지 종류의 서비스가 아주아주 많습니다. 원정 보험이나 대출 상품 역시 마찬가지입니다."

"대출은 조금 그렇고…… 원정 보험은 정확히 어떻게 되는 건가요?"

"앞서 말씀드린 그대로입니다. 사실 원정 보험 같은 경우는 일반적인 모험가분들은 기피하곤 합니다만…… 통계적으로 봐도 영웅 등급의 파티의 던전 생환율이 높지 않다는 걸 생각해 보면 충분히 들어놓을 가치가 있다고 여겨집니다. 사고가 난 이후에는 그 누구도 보상해 주지 않으니까요. 물론 경험이 많으신 모험가의 경우에는 실패했을 때의 매뉴얼을 충분히 숙지하고 계시겠지만 갑작스럽게 만들어진 파티나 처음 호흡을 맞추시는 분들은 꼭 원정 보험을 드신 이후에 들어가는 게 추세입니다. 더불어 파란 길드와 검은 백조 길드, 붉은 용병 길드에서도 원정 보험의 중요성에 대해 여러모로 강조하고 있고요."

"으음……. 갑작스럽게 만들어진 파티……."

"네. 아무래도 그런 경우가 많으니까요. 사냥 중에 발생하는 사고뿐만이 아니라 파티원들과의 마찰이나 분배 문제에도 모험가분들이 직접 신경 쓰실 일이 없게 중재하는 역할도 도와드리고 있습니다."

'낚이지 마, 이 새끼들아.'

하지만 이미 낚여 있다고 생각할 수밖에 없었다.

"이건…… 생각해 보는 게 낫지 않을까 싶은데. 그렇지 않아요, 오빠? 저희끼리 왔다면 문제없겠지만, 외부인도 하나 들어왔으니까. 호흡이 맞는지도 아직 확인하지 못했고……."

'나 쳐다보지 마, 이년들아.'

아니나 다를까 득달같이 달려들기 시작하는 꼴은 가관. 물론 이 홈쇼핑 호스트 역시 마찬가지다.

"아! 마법사분께서 새로 들어오신 파티원이신가 보군요. 확실히 불안하시겠죠. 물론 우리 아름다우신 마법사님을 무시하는 발언은 아닙니다. 하지만 갑작스럽게 모인 파티가 한 몸처럼 움직이는 경우는 많지 않으니까요. 한 사람당 몇십 골드로 일어날 사고를 미리 예방할 수 있는 건 확실히 메리트가 있는 선택이라고 여겨집니다. 물론 선택은 여러분의 몫입니다."

"끄응. 이런 건……."

"아냐, 태건아. 해보는 게 좋을 것 같다. 말씀대로 무슨 사고가 벌어질지 모르니까. 일반 등급의 보험으로 부탁드립니다."

"탁월하십니다, 고객님. 계약서 잘 읽어보시고 사인해 주실 부분에 사인해 주시면 됩니다. 아! 그리고."

"네."

"혹시 균열 박물관의 던전은 다른 던전과는 다르게 모든 방식이 랜덤으로 진행된다는 걸 알고 계신가요?"

"그게 무슨……."

"3종의 보스 몬스터와 3종의 보상 아이템이 모두 랜덤으로 나오게 됩니다, 고객님. 무난하게 사냥을 마치고 귀환하는 분도 계시지만 뜻하지 않은 몬스터를 만나게 돼 고생하시는 분들도 적지 않은데요? 예를 들면 독속성의 몬스터나 저주를 사용하는 몬스터를 만나 안타까운 일을 당하시는 분들도 많습니다. 혹시나 해독제나 저주를 해주하는 아이템을 가지고 오셨는지요?"

"아, 아닙니다."

"너무 걱정하지 않으셔도 됩니다. 우리 모험가님들. 그런 일에 대비하기 위해 저희 균열 랜드에서는 특수 몬스터 대응 패키지를 판매하고 있습니다. 빛의 연금술사 이기영 님이 직접 만드신 11종의 포션과 그에 상응하는 소비 아이템이죠. 가격도 무척이나 합리적이랍니다."

'작작 좀 해라, 이놈들아. 이 악마들아.'

"물론 그 하위 버전의 패키지도 판매하고 있지만 개인적으로는 11종 포션을 추천해 드리고 있습니다. 유통기한이 있는 저급 포션과는 다르게 빛의 연금술사 이기영 님이 만드신 포션은 시간이 많이 지나도 그 효과가 변함이 없으니까요. 체온을 유지해 주는 온도 유지 포션 같은 경우에는 방한 대책이나 방열 대책을 따로 마련할 필요가 없어 무척이나 효과적이랍니다. 화속성이나 빙속성 몬스터들에게도 효과 만점! 가격도 시중에서 판매되는 가격보다 훨씬 저렴하게 책정하고 있습니다.”

“이건 괜찮네.”

“생각하지도 못하는 돈이 너무 많이 나가는 것 같은데…….”

“아니, 잘 생각해 봐라. 철우야. 이건 사 놓으면 좋은 거야. 만약에 이번 원정에 사용하지 않는다고 하더라도 이후에도 계속 사용할 수 있으니까. 패키지가 하나 정도는 있는 것도 좋을 것 같다.”

“생각해 보시고 결정하시면 됩니다. 파란 길드에서도 직접 구매하실 수 있는 상품이니까요.”

“필요하지 않을까? 너도 해독 주문에는 그다지 자신 있는 게 아니잖아. 영웅 등급의 독속성 몬스터라도 갑자기 튀어나온다면…….”

“그건 그래…….”

“천천히 생각해 주시면 됩니다!”

싱글벙글 웃는 여관 종업원의 모습은 가관.

‘얘 누구야?’

갑작스레 궁금증이 드는 것도 무리는 아니리라.

‘왜 이런 능력자가 이런 곳에서 이러고 있었어?’

이런 능력자는 제대로 된 대우를 해줘야 한다.

프로 홈쇼핑 호스트처럼 구매욕을 일으키는 목소리와 완벽에 가까운 서비스 접대. 물건을 설명하는 낭랑한 목소리는 절로 지갑에 손이 가게 할 정도. 내 물건을 내가 사고 싶을 정도였으니 다른 표현이 필요 없다.

"현장에서 바로 구매해 주시면 고급 체력 포션 3종 세트를 사은품으로 드리겠습니다."

"구입하겠습니다."

"탁월한 선택입니다, 고객님."

균열 랜드에 들어온 지 얼마 되지 않았다. 몇 시간도 지나지 않은 시점에서 이미 이 파티가 사용한 금액은 상상도 할 수 없을 정도.

'와, 진짜 제대로 벗겨 먹는구나.'

주변을 둘러보니 다른 파티 역시 종업원에게 붙잡혀 여러 가지 말을 전해 듣고 있다. 특수 몬스터 대응 패키지를 모두 품안에 하나씩 끌어안고 있는 파티원들의 모습은 가관. 심지어 희귀 등급의 파티 역시 패키지를 소중한 보물처럼 끼고 있다.

'희귀 등급의 파티는 저걸 살 능력도 없을 텐데?'

100% 확률로 대출받은 것이 틀림없으리라. 저건 무조건 대출. 심지어 내 포션이 영웅 등급 이상의 몬스터에게 대응하기 위해 만들어졌다는 걸 생각해 보면 닭 잡으려고 소 잡는 칼을 산 셈이나 다름없다.

그밖에도 여러 가지 종류의 인간들이 다양한 방법으로 벗겨지고 있다.

유아영이 만들어 놓은 장비 목록을 살펴보는 녀석부터.

'저것도 무조건 대출이네.'

쓸데없는 소비 아이템을 구입하는 녀석들까지.

쉬러 온 건지 쇼핑을 하러 온 건지 알 수가 없을 지경이다.

'이런 부분은 정말 좋네.'

일단 편의성이 좋다는 것 하나는 정말로 칭찬해 주고 싶은 부분.

이곳저곳 들를 필요 없이 모든 시스템이 유기적으로 연결되어 있다. 여관에 진입하는 순간 던전 진입 신청과 원정 보험을 알아볼 수 있고 심지어 대출이나 무기 구입까지 가능하다. 귀찮게 이곳저곳을 돌아다닐 필요가 없고 원정 그 자체에만 집중할 수 있다는 거다.

물론 돌아다니길 원하는 사람들을 위해 상가가 마련되어 있지만 굳이 나가지 않아도 이곳에서 모든 용무를 해결할 수 있다.

카탈로그의 뒤를 넘겨보지는 않았지만 누가 봐도 두꺼워 보이는 책에는 균열 랜드에 대한 모든 서비스가 나열되어 있으리라.

하나의 컨트롤 타워로 상가 전체가 운영되고 있는 강점.

'편의성.'

물론 가격 단합이나 후려치기 같은 약간의 부작용이 있을 수는 있지만……. 대륙을 지킬 수 있다고 생각하면 그건 아주 사소한 문제나 다름이 없다.

'보이십니까? 메텔 관리자. 당신의 박물관이 이렇게 많은 사람들에게 사랑을 받고 있는 모습을요.'

천국에 계신 막스의 어머니도 분명 함박웃음을 짓고 있으리라.

조금 문제가 되는 부분은 너무 심하게 벗겨 먹는 게 아니냐는 것. 조금 노골적인 상술에 불편해할 수도 있겠다는 생각도 들기는 한다.

물론 그런 생각을 한 것도 잠시. 식당에서 벌어진 광경에는 저도 모르게 고개를 끄덕일 수밖에 없었다.

"크으. 오늘 아침에 들어와서 이걸 얻었다는 거 아니요?! 무려 전설 등급의 아이템! 진실의 여왕의 목걸이! 균열 박물관! 완전 혜자라니까!"

죽은 줄로만 알았던 민주투사 바크더쿠의 모습. 아니, 이번에는 러시아 출신의 이방인 바크 세르게이였다.

"여러분도 빨리 들어가쇼! 혜자도 이런 혜자가 없다니까!"

'네가 왜 거기서 나와.'

심지어 그 옆에 자리한 것은 안기모와 김예리.

'너네 나 모르게 연기하고 다니지 마.'

"균열 박물관! 완전히 혜자 그 자체라니까!!!"

왠지 모르게 힘이 들어간 목소리는 나 역시 균열 박물관을 혜자라고 느끼게 할 정도였다.

"기연 씨 표정이 조금 안 좋으신데……."

"아뇨. 아무것도 아니에요."

으레 모험가라면 파티를 구한 이후 친목 도모를 위한 시간을 보내게 마련이다.

간단한 미팅을 넘어 회식, 대규모 원정일 경우 단합대회를 하는 경우도 있다. 그만큼 파티원 간의 호흡과 친분이 중요하다는 증거라 할 수 있으리라.

물론 사적으로 친해지는 걸 경계하는 집단도 존재하지만 적어도 린델에 거주하고 있는 한국 출신의 이방인들은 이런 이벤트를 즐긴다.

내 입장에서는 그저 쉬고 싶었던 것도 사실. 하지만 이 클랜의 일원들은 이런 종류의 시간이 필요하다고 여기고 있는 것 같았다.

일이 이렇게 됐으니 짐을 풀고 균열 여관 아래에 비치된 주점에서 푸짐한 저녁 식사와 함께 럼주를 마시기 시작했다.

나온 음식이 그리 마음에 들지는 않았지만 오랜만에 서민이 된 기분에 나 역시 잔잔한 분위기를 즐길 수 있었다.

갑작스레 등장한 바크 세르게이와 아르기르모를 보기 전까지는.

"크으. 오늘 아침에 들어와서 이걸 얻었다는 거 아니요?! 무려 전설 등급의 아이템! 진실의 여왕의 목걸이! 균열 박물관! 완전 혜자라니까! 여러분도 빨리 다녀오쇼! 이건 진짜 안 가면 손해 보는 장사요! 베니고어 여신의 축복이라니까!!"

'저 새끼 진짜…….'

"균열 박물관 고맙다! 이것뿐만이 아니라니까! 고급 촉매들도 잔뜩! 오늘 밤은 전설 등급의 방에서 한번 잘 수 있겠구만!"

겉보기에는 백인처럼 보이기는 하지만 마음의 눈으로 보고 있는 내 눈에는 틀림없이 박덕구와 안기모로 보인다.

그 와중에 콘셉트 잡고 분위기 있는 러시아인 연기를 펼치고 있는 예트니 코바의 모습은 가관. 이 주점이 모스코바의 지하주점으로 보일 정도의 흡입력이다.

'연기하기 싫다더니…….'

몸은 솔직한 꼬맹이라고 생각할 수밖에 없었다. 시선을 즐기고 있는 모습은 이미 여우주연상 후보에 올라가 있는 여배우. 이곳에서 태어나지 않았었다면 틀림없이 연기자가 되었을 거라고 생각해 버렸다.

내가 이곳에서 자신들의 모습을 지켜보고 있다는 걸 아는지 모르는지 좌중을 휘어잡은 바크 세르게이는 목걸이를 흔들며 입을 열기 시작.

“오늘 여기에 있는 술값은 전부 내가 계산할 거라니까!!”

‘그만해, 이 새끼야. 그런 것 좀 하지 마.’

틀림없이 사비로 해결할 거라 믿을 수밖에 없었다.

‘걸리면 어떻게 하려고…….’

물론 걸릴 가능성은 전무. 쓸데없는 걱정이기는 하다. 애초에 이곳에 들어와 있는 이들 중에 저 마법을 간파할 수 있는 이는 없다.

커다란 주점은 퀄리티가 나쁘지는 않았지만 그래 봤자 사회의 하층민들이 이용하는 공간. 전설 등급에 올라갔다고 하더라도 저걸 간파하기는 쉽지 않거니와 애초 이런 주점으로 올 리가 만무하다는 거다.

‘전부 다 프라이빗룸에 있거나 프리미엄 어쩌구 붙어 있는 곳에서 부어라 마셔라 하고 있겠지.’

이기연이 아니라 이기영의 몸으로 왔다면 나 역시도 이런 곳에는 발을 들이지 않았으리라. 우리 일꾼들 독려 차원이라면 또 몰라도.

내가 자꾸만 저 반대쪽을 의식하는 것을 본 모양인지 눈앞에 있는 덩치가 말을 걸어왔다.

“아시는 분들입니까?”

“아뇨. 시끄러운 사람들이라고 생각해서…… 처음 보는 사람들이에요.”

“저런 사람들은 꼭 어디에나 있으니까요. 신경 쓰지 않으시는 게 좋을 겁니다. 최근에 공화국 쪽에서 떠오르고 있는 신성들이 있다는 소문은 들었는데…… 아마 그들일 겁니다. 저 덩치 큰 자가 바크 세르게이……. 근육으로 꽉 찬 덩치와는 다르게 직업은 마법사라고 하더군요. 사용하는 마법의 속성은 특이하게도 물리 속성이라고 합니다.”

‘나도 못들은 정보를 너네는 도대체 어디서 들은 거냐. 얘네 커뮤니티도 은근 잘 활성화되어 있네……. 그리고 이 멍청한 새끼야. 물리 속성 마법이 이 세상에 어디 있냐?’

“그 옆에 있는 전사는 버서커라고 불리는 아르기르모. 한 번 피 맛을 보면 쓰러질 때까지 멈추지 않는다고 하더군요. 저 무기에 쓰러진 자들만 수천이라고…….”

‘재 사제야……. 전투 사제긴 한데…… 피 맛은 보지도 못할 거다.’

“그리고 저 여자는 그들을 이끄는 클랜 마스터 에트니코바. 특이하게도 무희라는 직업을 가지고 있다고 합니다. 치명적인 춤으로 남녀 가리지 않고 매혹시키는 특성을 가지고 있다고 들었습니다."

'치명적인 유혹기술은 개뿔……. 예리아, 희망 사항을 연기에 집어넣으면 안 된다. 꼬맹이 주제에 발랑 까져 가지고……. 현성이가 길드 사무실에서 통곡하겠다. 그만 설정 좀 잡지 마. 제발 잡지 말라고.'

태클을 걸 부분이 한두 개가 아니다. 보통 저런 종류의 연기는 디테일이 중요하다. 빛기영이라는 감독이 빠진 저 연기 집단은 이미 그 혼을 잃어버렸다고 생각할 수밖에 없었다.

하지만 칭찬하고 싶은 부분도 존재하기는 한다.

'저런 건 괜찮아…….'

득템했다는 걸 동네방네 떠벌리는 건 확실히 지양해야 할 일이지만 그 목적이 균열 박물관 홍보에 있다면 또 이야기는 달라진다.

사실 무엇보다 녀석이 건강하다는 게 가장 안심이 되는 부분이었다. 이미 이지혜에게 들어 몸 상태가 완전히 회복되었다는 걸 알고 있었지만 실제로 보니 오히려 평소보다 더 건강한 느낌. 처음부터 다치지 않았던 거 같았다.

'돼지 새끼…….'

여전한 모습에는 고개를 끄덕일 수밖에 없었다. 혹시나 이쪽을 발견하지는 않을까 신경 쓰이기는 했지만 아무래도 다른 곳에는 관심이 없는 것 같다. 완전히 다른 것에 집중한 모습.

'저 정도면 균이 신경 안 써도 되겠네.'

저곳에서 일어나는 대화보다는 현재 이곳에서 흘러나오고 있는 대화에 집중하는 게 더 중요하다. 애초에 그게 목적이었으니까.

"예트니코바, 바크 세르게이……. 한 단계 더 올라가겠군요. 무슨 아이템인지 정확히 보이지 않지만 전설 등급의 아이템이라니 부럽습니다. 한편으로는 저희도 가능성이 있다는 생각도 들어 기쁘기도 하고요. 생각보다 확률이 나쁘지 않은 모양인 것 같습니다."

"글쎄요. 그건 까봐야 아는 거지만…… 그만큼 균열 박물관에서 준비된 콘텐츠가 많다는 거겠죠, 오빠. 저 사람만 본 게 아니에요. 여기저기에서 아이템 자랑을 하는 사람들을 꽤 봤거든요. 솔직히 너무 많은 골드를 투자한 것 같아서 조금 걱정했었는데…… 우리 클랜도 저런 아이템이 하나 나와 준다면 소원이 없겠는데……."

"무조건 그렇게 만들어야지. 민지 네 말대로 생각보다 지출이 컸으니까. 최소 영웅 등급의 아이템이 나와 줘야 이번 손해를 복구할 수 있을 거다. 총 3번의 기회가 있다고 했으니 가능성은 충분할 거야. 만약에 실패했다고 하더라고 큰 경험을 했다고 생각하면 되고……."

"포션을 산 건 잘한 일인 것 같아요. 안 그래도 빛의 연금술사가 파는 포션을 사용해 보고 싶었는데…… 물론 이번에는 사용할 일이 없으면 더 좋겠지만."

"내 말이 맞잖아. 그 포션을 사는 건 장기적으로 봐도 이득이라니까. 이번 한 번만 하고 모험가 생활 청산 할 거 아니잖아. 앞으로 계속 쓴다고 생각하면 백 번은 남는 장사야. 그나저나 기연 씨는 여기 음식…… 입맛에 맞으십니까?"

"……."

솔직히 별로 입맛에 맞지는 않는다. 어색하게 미소를 흘린 게 무언의 대답이 된 모양. 당황하는 녀석들의 얼굴이 시야에 비쳤다. 하체의 숙주가 된 멍청한 놈들은 허둥지둥했고 여성 멤버들에게는 다시금 경멸의 눈빛이 쏟아진다.

'아, 이거 또 실수했네.'

내가 생각해도 미움받을 만한 행동을 했다고 생각했다.

"아뇨. 아뇨. 맛있어요. 다만 속이 조금 안 좋아서요. 어떻게 이렇게 만난 것도 기념인데 저희 다 같이 짠할까요?"

"그거 좋을 것 같군요."

"균열 박물관 원정을 위하여!"

"위하여!"

"성공적인 원정을 위하여!!"

잔을 부딪칠 때는 슬쩍 국민지 쪽을 향해 시선을 보냈지만 아직도 분위기는 싸늘하다.

아무래도 찍혀도 제대로 찍힌 모양. 너무나 조신한 행동이 반감을 사버리고 만 것이라는 걸 다시금 깨달을 수밖에 없었다.

'뭐, 너네 손해지, 어쩌겠냐.'

이 정도까지 했는데도 벽을 만들면 나로서도 어떻게 해줄 수가 없다. 별다른 미련을 두지 않고 꿀꺽꿀꺽 손에 들려 있는 걸 목구멍으로 흘려보냈다.

"파하……."

오랜만에 마시는 시원한 감각에 나도 모르게 기분 좋은 소리가 새어 나왔다.

'다른 건 다 별론데. 이건 진짜 먹을 만한 것 같다.'

커다란 소시지. 누가 만들었는지는 모르겠지만 먹다 보니 정말로 맛있다. 특히나 겉에 발라져 있는 소스가 일품. 커다란 녀석을 한입에 들어 넣고 싶지만 역시나 무리가 있다.

"으음. 흐음."

일단 떨어질 것 같은 소스부터 처리. 그 이후에는 야금야금. 어느 정도 준비가 됐다 싶을 때 크게 한 입을 베어 문다.

"이건 정말로 맛있네요. 으으음."

얼굴이 붉어져 있는 두 남자. 다시금 경멸의 눈빛을 뿌리고 있는 네 여자.

이쪽으로 다가오는 인형이 눈에 보인 것은 바로 그때. 커다란 덩치를 가지고 있는 4명의 남자.

'너네 뭐야?'

빤히 이쪽을 바라보고 있는 게 신경 쓰일 수밖에 없는 것이 당연.

쌍팔년도 무협 소설에나 나오던 객잔 신이 튀어나올 것 같다는 예감이 들기는 했지만 정말로 그 예상이 실현될 줄은 상상도 하지 못했다.

"우리랑 같이 한잔하는 게 어때? 이름이 뭐야, 아가씨?"

"그런 비실비실한 놈들이랑 놀지 말고 우리랑 놀자고."

"거기 누님 이름이 뭐야? 처음 보는 것 같은데. 린델에서 왔어?"

어떻게 된 게 이런 놈들은 항상 같은 패턴을 벗어나지 못하는 걸까.

우리 파티의 두 남정네는 완전히 무시하고 말을 내뱉고 있는 놈들은 딱 봐도 질이 좋아 보이지는 않는다.

상황이 이렇게 되니 우리 쪽 덩치 태 뭐시기 역시 험악한 인상을 찌푸리기 시작.

"뭐?"

'객기 부리지 마라, 태건아. 너보다 센 거 같은데…….'

상태창으로 모든 싸움을 판단할 수 있는 것은 아니었지만 적어도 눈앞에 있는 술 취한 개저씨들은 우리 파티보다 전력적으로 강하다.

막상 싸움이 시작되면 수적 우위로 비등비등하겠지만 솔직히 싸워야 할 이유도 없다. 괜한 소란을 일으키는 건 이쪽에서 사양. 여러모로 복잡해지는 것은 물론, 원정 자체에 문제가 생길 수도 있다.

옆에 있는 이철우는 나와 비슷한 생각이신지 최대한 중재시키려고 노력하는 것 같았지만 중재가 될 리 만무.

"이러지 마시고 잠깐 밖에 나가서 이야기하시죠."

"철우야, 말이 통할 놈들이 아니다. 꼭 있지 이런 사회의 쓰레기 같은 놈들."

"아니. 우리가 뭘 했다고 쓰레기라 뭐라 그래? 같이 놀자고 한 게 죄야?"

"우리 파티원이 불쾌해했으면 죄지. 특별한 이유도 없이 말을 걸어오는 당신들이 잘못한 거 아닌가? 서로 터치 안 했으면 좋겠는데 말이야."

"우리야 저 숙녀분이 불쌍해서 말 한 번 걸어본 건데 너무 민감하게 반응하는 거 아닌가 몰라."

"뭐?"

"너희 같은 놈들이랑 있으면 고생할 게 뻔히 보이는데 어떻게 가만있을 수 있겠어? 그렇지 않아?"

"이 개자식들이, 뭐?"

"태건아! 그만!"

"한번 해보려고? 그럼 해보든가."

"밖으로 나와! 개자식!"

일촉즉발의 상황. 그래 봐야 애들 장난이지만 나름대로 분위기는 진지하다. 희귀 등급의 파티는 혹시라도 불똥이 튈까 슬금슬금 자리를 피하고 있었고 갑작스러운 소란에 사람들의 시선이 집중된다.

'하……. 이거 진짜 피곤한데.'

빛기영으로 있을 때는 휘말리지 않아도 될 트러블에 휘말리니 심기가 불편한 것은 당연지사. 그래도 경비대가 도착하기 전에는 어떻게든 이 상황을 해결해야 한다고 생각할 수밖에 없었다.

'적당히 달래고 돌려보내야겠네. 나중에 따로 민원도 넣고.'

막 입을 열려고 했을 때였다.

"물리 마법."

"어?"

"백드롭."

가장 가운데 있던 양아치 중 한 명이 바닥으로 처박히는 광경이 시야에 들어왔다.

'박덕구 너 이 새끼!'

뜻밖의 히어로가 등장한 것이다.

"거, 조용히 술이나 마십시다."

물리 마법 백드롭.

'무슨 물리 마법이야. 그냥 잡아서 뒤로 넘긴 거구만…….'

어처구니없었던 것이 사실. 하지만 그 위력만큼은 나쁘지 않다. 물리 마법 백드롭을 정면에서 받은 양아치 한 놈은 이미 무지개다리를 건너기 직전.

로브를 입은 것은 물론 지팡이를 등에 메고 있는 박덕구는 그야말로 물리 마법사 그 자체였다.

'이렇게 보니까 세긴 세네.'

박덕구가 1회 차에 비해 많이 강해졌다는 건 이미 알고 있다. 하지만 아래의 시선으로 올려다보니 녀석이 실제로 얼마나 강해졌는지에 대해 다시 한번 깨달을 수 있었다.

갑작스레 나타난 클리셰의 희생양들은 별것 아닌 놈들처럼 보이지만 따지고 보면 영웅 등급에 오른 강자들이다. 1회 차의 박덕구를 상회하는 이들이라고 해도 과언이 아니라는 거다.

그런 이들을 한 번의 캐스팅으로 땅바닥에 꽂아버리는 위용에 나도 모르게 입을 벌렸다.

파란의 위치가 어느 정도인지 실감할 수 있는 순간이기도 했다. 괴물이 많은 파란에서의 박덕구의 위치는 잘 쳐줘야 고기 방패.

파티 플레이에서는 충분히 유용하다고 할 수 있겠지만 대인전에서는 전투력 측정기라고 불릴 정도로 약한 모습을 보인다.

유니콘을 얻고 괴물이 된 조혜진이나 가늠할 수 없는 재능을 지닌 김예리를 포함한 다른 격수에 비해 한참이나 딸리기는 하지만……. 말도 안 되는 내구 수치는 양민 학살에 완벽하게 들어맞고 있었다.

약한 자에게는 그 누구보다 강한 남자 박덕구, 아니, 바크세르게이.

"꼭 이런 놈들이 있다니까."

그 묵직한 목소리에 우정 클랜의 여성 한 명이 입을 커다랗게 벌리고 있는 모습이 눈에 보일 정도였다.

물리 마법의 위용을 목격한 장내에는 이미 커다란 침묵이 가라앉았다.

이쯤이면 양아치들이 도망칠 타이밍이라고 생각했지만 스펙이 상위에 다다른 녀석들이 가만히 있을 리 만무하다.

"넌 또 뭐야!"

"물리 마법. 아이언 스킨."

"아아아아아악! 내 손!"

"물리 마법. 아이언 스트롱 암."

"이 돼지 새끼가!"

심지어 아무렇지도 않게 공격을 튕겨 낸다.

마법도 튕겨낼 것 같은 물리 마법의 위용에 양아치들의 얼굴은 당혹으로 물들기 시작. 결국에는 한 녀석이 허리춤에 걸린 검을 빼 들기 위해 손을 가져다 댄다.

막 검집에서 검을 뽑아 휘두르려는 계획이었겠지만 바크 세르게이의 옆에 있는 파티원들이 그걸 두고 볼 리 만무. 결국에 검은 검집에서 빠져나오지 못했다.

왜? 피에 미친 광전사. 버서커, 아르기르모가 녀석의 손잡이를 붙잡고 있었으니까.

"경고하지. 뽑으면…… 죽는다."

'무게 잡지 마…….'

병신 같지만 멋있다는 표현이 딱 어울린다.

"이 미친놈들이! 우리가 누군지 알고 이러는 거!"

다시 한번 커다랗게 들려오는 목소리. 그리고 클랜마스터인 예트니코바의 신형이 순식간에 사라진 것은 바로 그때였다.

"매혹의 춤."

저게 무슨 매혹의 춤인지는 모르겠지만 공중에서 대여섯 바퀴를 빙글빙글 도는 움직임이 화려하기는 하다.

"모두! 매혹당하기 싫다면 눈 돌리는 게 좋을 거요."

마무리는 평범한 발차기. 목이 뒤로 돌아간 게 아닌가 걱정되기는 했지만 헐떡헐떡 숨을 들이쉬는 걸 보니 일단은 살아 있는 모양.

매혹의 춤의 효과를 알고 있는 장내의 모험가 모두 고개를 돌렸지만 매혹이고 유혹이고 나발이고 전부가 개소리라는 것을 알고 있는 나는 평범한 발차기가 정확히 관자놀이에 빨려 들어가는 걸 직접 확인할 수 있었다.

최대한 섹시한 포즈로 자세를 취하고 있기는 했지만 마음의 눈으로 보이는 김예리의 모습은 어처구니가 없어 실소가 나올 정도.

'예리야…… 너 커서 뭐가 되려고 그래……. 진짜 아저씨가 눈물이 난다, 야.'

팜므파탈에 알 수 없는 로망이라도 가지고 있는 것 같다.

너무나도 손쉽게 정리된 장내. 균열 여관의 가드들이 달려오기도 전에 끝나버린 쓰레기 청소에 주점 안이 조용해졌다.

모두 놀랍다는 표정이다. 대충 상대방이 어느 정도인지 가늠할 수 있는 수준에 오른 만큼, 이 쓰레기 양아치들의 능력이 달리지 않았다는 걸 이미 알고 있었을 터.

공화국에서 새롭게 등장한 3명의 신성을 본인들의 눈으로 직접 확인했으니 저런 얼굴을 하는 것도 무리는 아니다.

구석에서 상황을 지켜보고 있는 몇몇 강자는 바크 세르게이를 예의주시하고 있다. 아마 오늘이나 내일 안에 접선할 가능성이 높다고 생각했다.

'여기 돌아가는 것도 이렇게 보니까 재미있기는 하네.'

작은 규모의 클랜들이 서로 연합하고 갈라지거나 치열하게 눈치싸움을 하는 모습이 특히나 인상적.

스카우터처럼 보이는 몇몇이 귓속말을 하거나 마법으로 대화를 차단하고 있는 모습이 눈에 띈다. 자신들이 하는 대화가 밖으로 새어 나가지 않기를 원하고 있음이 분명. 틀림없이 이 공화국의 신성들에 대한 이야기를 나누고 있으리라.

폭풍의 중심이 된 예트니코바가 앞으로 클랜을 어떤 방향으로 이끌어 갈지는 모르겠지만 솔직히 내가 신경 쓸 바는 아니다. 그것보다는 지금 이 상황을 해결하는 것이 먼저.

때마침 입을 열어오는 바크 세르게이의 모습이 시야에 비쳤다.

"거, 뜻하지 않게 소란을 일으켜서 미안하게 됐소."

"아닙니다. 오히려…… 도움을 주셔서 감사합니다."

"도움이라고 할 것도 없다니까. 내가 쓸데없이 끼어든 건 아닌지 걱정되는데……."

"그렇지 않습니다. 이런 마찰은 최대한 피하고 싶었던 터라……."

"아하! 원정을 앞두고 있었구만."

"네. 그렇습니다."

"하긴 원정 전에 이런 사고에 말렸다가는 어떻게 될지 모르니까. 혹시나 다치기라도 하면 큰일 아니요. 내일 일정에 지장이 생길지도 모르고. 정말로 방해한 것은 아닌지 걱정했는데 이거 다행이구만. 그래서 어디에서 온 거요?”

‘이 새끼는 왜 이렇게 말을 붙이려고 그래?’

적당히 이야기 끝내고 얼른 자기 자리로 돌아가면 좋으련만 계속해서 말을 건다. 박덕구가 수다 떠는 걸 좋아한다는 건 이미 알고 있었지만 처음 만난 파티에게도 이렇게 사근사근 말을 걸어올지는 예상하지 못했다.

우정 클랜 역시 녀석의 이런 인성이 나쁘게 보지는 않은 모양. 결국에는 입을 여는 클랜마스터 녀석이 시야에 비쳤다.

“린델입니다. 아마 여러분은 공화국……. 아니, 아니, 이럴게 아니라 잠깐 합석하시는 게 어떻습니까? 식사라도 대접해 드리고 싶은데.”

‘이 새끼 나름 똑똑하네.’

우정 클랜의 마스터 이철우. 나름대로 합리적이다. 아니, 기회를 놓치지 않는다는 표현이 어울린다.

우정 클랜이 영웅 등급으로 분류할 수 있는 클랜인 것은 맞지만 녀석들 같은 경우에는 이제 막 올라온 병아리에 가깝다. 에트니코바를 비롯한 이 공화국의 신성들은 전설 등급을 목전에 두고 있는 클랜으로 보일 터, 인맥을 쌓아서 나쁘지 않으리라.

‘겸사겸사 균열 박물관에 대한 정보도 듣고 싶은 거겠지.’

물론 나에게 반가운 상황이 아니다. 혹시나 의심의 눈길이 쏟아지지는 않을까 불안했던 것도 사실. 하지만 예트니코바를 비롯한 그 일당들은 나를 그다지 신경 쓰지 않고 있다.

"아…… 꼭 그럴 필요는 없는데."

"이 주점의 술값을 모두 계산하신다고 하셨으니 안주 정도는 대접해 드리고 싶습니다."

"아…… 거, 그렇게까지 이야기하면 이거 어쩔 수 없겠구만."

"감사합니다."

"일단 통성명부터. 바크 세르게이요. 여기는 아르기르모. 또 여기는 우리 클랜마스터인 예트니코바 님."

"반갑군."

"……."

짧게 고개를 끄덕이며 콘셉질을 하는 안기모와 대꾸조차 없이 고개만 끄덕이는 김예리. 조금 당황스러울 만도 하건만 이철우는 고개를 끄덕인 이후 계속해서 말을 이었다.

"린델, 우정 클랜의 클랜마스터 이철우입니다."

"음……."

"여기는 저희 클랜의 부클랜마스터 김태건. 이쪽은 암살자인 국민지. 또 여기는……."

계속해서 파티원들의 소개를 해주고 있던 녀석의 눈동자 어느 순간 내 쪽에 머물렀다.

어떻게 소개해야 할지 난처한 거겠지. 아마 직접 나 자신을 소개하는 게 맞으리라.

"이번 원정에서 우연히 우정 클랜 파티에 합류한 이기연이라고 합니다."

"……."

"……."

순식간에 시선이 집중된다. 특히나 빤히 이쪽을 바라보고 있는 박덕구의 시선은 가관. 안기모도 천천히 내 얼굴을 살펴보고 있다.

걸려도 상관은 없지만 기왕이면 모른 척해줬으면 하는 생각을 한 그 순간, 박덕구의 목소리가 울려 퍼졌다.

"우리 어디서 본 적 있지 않소?"

"네?"

"아, 어디서 본 것 같은 사람인데……. 끄응. 분명히 본 것 같은데……."

"……착각이실 거예요. 저는 린델 밖을 벗어난 적이 없는 터라."

"킁킁."

'뭐야, 얘 왜 이래?'

"익숙한 냄샌데……. 정말로 본 적 없었나?"

'네가 개야?'

이렇게 되니 분위기가 꽤 묘해진다. 갑작스레 우정 클랜의 주축 여러분들이 바크 세르게이를 경계하는 것 같은 느낌.

자신의 행동이 실수라는 걸 깨달은 박덕구는 이내 조용히 앞에 있는 소시지를 주워 먹기 시작했다. 물론 이쪽을 힐끔힐끔 쳐다보는 것은 덤.

어느새 균열 박물관에 대한 이야기를 시작한 이들이 정보를 얻기 위해 여러 가지를 물어보는 동안에도 녀석은 나를 살폈다.

'이 새끼는 이상하게 눈치가 빠르다니까.'

다행히 강원도 연애 박사가 나에게 개수작을 부려오는 불상사는 일어나지 않았지만, 어떻게 봐도 기분 좋은 상황은 아니다.

"그래서…… 균열 박물관은 좀 어떻습니까?"

"아마 괜찮을 거요. 우리는 희귀 등급의 검 하나, 영웅 등급의 방어구 하나가 나왔는데 솔직히 이 정도만 됐어도 본전은 쳤다고 생각했거든. 그런데 전설 등급의 목걸이라니……. 솔직히 상상도 못 했다는 거 아니요."

"실례가 아니라면 난이도에 대해 말씀해 주실 수 있으십니까?"

"아, 그러고 보니 영웅 등급으로 신청하셨겠구만. 내 말이 맞소?"

"네. 그렇습니다. 아직 초입이지만 경험을 쌓기에 이만한 장소가 없다고 생각했으니까요."

"난이도는 그리 나쁘지는 않을 거요. 우리에게는 조금 부족한 느낌이었으니까. 사실 우리도 전설 등급으로 진입하고 싶었는데…… 전설 등급으로 찾아 들어갈 수준은 아니라……. 그래도 다음부터는 아마 들어갈 수 있게 되겠지. 오늘 얻은 이 아이템을 바탕으로 한층 더 강해질 수 있을 테니까."

녀석의 역할은 확실히 바람잡이가 맞다. 맥락도 없이 목걸이를 흔들면서 강해질 수 있다며 말하는 모습이 딱 그렇다. 아마 이지혜에게 전설 등급의 아이템을 자랑하고 오라는 미션을 받았으리라.

엄연히 자랑질이기는 하지만 우정 클랜 여러분들의 시선에는 부러움이 감돈다. 영웅 등급의 던전에서 전설 등급의 목걸이가 나왔다는 사실.

'말도 안 되는 일이지.'

이미 홍보로 듣기도 했었지만 자신들의 눈으로 실제로 확인한 셈.

한참 전에 준신화 등급의 아이템을 가지게 된 나는 이제는 전설 등급이라는 네이밍이 슬슬 물리지만, 이 세계에서 전설 등급이라는 건 절대로 무시할 만한 게 아니다.

파란 길드에서도 보유하고 있는 전설 등급의 아이템은 그리 많지 않다. 당장 안기모나 선희영 같은 이들도 전설 아이템 보유자가 아니다.

값으로 따질 수 없는 지고의 보물, 가지고 있는 것만으로도 강자로 발돋움할 수 있는 치트. 로또에 열광하는 건 지구에 있는 이들뿐만이 아니었다.

"아마 균열 박물관에서 보유하고 있는 아이템은 수천 종일 거요. 어째서 그런 것들을 보관하고 있는지는 모르겠지만 한 가지 확신할 수 있는 건 아이템의 수량이 정해져 있다는 거겠지."

"아……."

"수가 제한되어 있다는 뜻이 뭔지 알겠소? 균열 박물관에서 보관하고 있는 전설 등급의 아이템은 먼저 가서 먹는 사람이 임자라는 거요. 물론 확률이야 낮겠지만 충분히 할 만한 가치가 있는 도박이라는 거지. 보통 모험가는 영웅 등급의 벽에서 콱 막혀 버리거든. 더 이상 내가 성장할 수 없다고 한계가 느껴질 때. 그럴 때 도움이 되는 게 이런 아이템이지."

"그렇군요."

"우리 같은 일반 서민 모험가들이 발돋움할 기회가 있다. 그것만으로도 균열 박물관은 가치가 있다니까?"

'설득되는데? 자식, 말 잘하네.'

"그리고…… 이곳에서 치러지는 비용은 모두 이후를 대비한 군자금이라고 합디다."

"네?"

"지금 우리가 소비하는 모든 것이…… 사실은 대륙을 위해 싸우기 위한 자금들이라는 거요."

"아……."

"아마 들어본 적이 있을 거요. 위협이라는 거 말이요."

"확실히 들어본 적이 있지만 그건……."

"헛소문이나 헛소리가 아니오. 대륙을 위협하는 존재는 실존한다니까."

한 치의 거짓도 느껴지지 않는 묵직한 목소리. 무척이나 커다란 짐을 지고 있는 듯한 표정.

'너 진짜 3회 차 아니냐.'

나도 모르게 그런 생각을 해볼 정도였다.

'이 돼지 새끼 도대체 몇 회차야…….'

124장
조신한 이미지

"그건……."

"아암. 파란 길드에 우리 형, 아니, 파란 부길드마스터이자 교국의 명예추기경인 이기영이라는 분이 한 말씀이지. 위협은 실존한다."

"……."

"우리 같은 무식한 놈들이야 그게 무슨 소리인지. 또 전쟁이 끝나고 평화가 찾아온 이곳의 상태가 대관절 뭐가 어떻게 되어 가고 있는 건지는 잘 모르지만…… 현재 대륙 상황을 보고 있자면 그게 꼭 터무니없는 거짓말은 아니요. 갑자기 일부 퀘스트도 먹통이 되어버렸고 던전도 말을 듣지 않으니까. 실제로 교국과 공화국, 왕국 연합, 심지어는 이종족 연합까지 공동의 목표를 위해 연합하고 있소."

"그런……."

"갑작스러운 소식에 혼란스러워진 대륙을 잠재우기 위해 억지로 그런 분위기를 만들지 않을 뿐이라는 거요. 이미 여러 대형 길드와 국가들이 위협에 대비한 훈련을 하고 있고 그걸로도 모자라 비밀리에 여러 회담이 오가고 있다니까. 아마 시간이 지나면 지날수록 점점 더 정보가 풀리겠지 않겠소?"

"악마 소환사 진청 이후에 많은 악마 던전이 생겨난 것도 그 위협의 여파인 겁니까?"

"그렇다고 볼 수 있을 것 같다니까. 아무튼 간에 현재의 배경이 이렇다는 거요. 그동안 잠적해 있던 우리 클랜 역시 그런 대륙의 위기를 나 몰라라 할 수 없어 이번에 모습을 드러낸 거고. 어찌 됐건 우리의 터전 아니요. 할 수 있는 만큼 해 봐야지."

"무거운 이야기를 들어버린 것 같은 기분입니다. 부끄럽습니다. 저희 클랜은 당장 먹고사는 것만 생각했었는데……."

"뭐, 다들 그런 거 아니겠소. 그래서 이기영 명예추기경님이 대단하다는 거 아니요? 자기 자신을 돌보지 않으니까."

"잘 알고 계시는군요."

"아암. 잘 알다마다. 어디 그것뿐인가? 분명히 이 균열 랜드도 손해 보는 장사를 하고 있는 거라니까. 소문으로는 공화국에 빚을 지고 들어가고 있다고 하던데…… 거기에 군자금까지 모으려면 얼마나 빠듯할까. 거, 생각해 보소."

"음……."

"우정 클랜마스터가 파란 길드, 검은 백조, 붉은 용병 또는 다른 대형 길드의 입장이라 생각해 보라 이 말이요. 당신들 같았으면 이 균열 박물관이라는 걸 민간인들에게 개방했을까?"

"그건……."

"물론 몇몇은 그런 선택을 할 수도 있겠지만, 대부분은 아니라고 단언할 수 있다니까. 당장 여러 대형 길드에 소속되어 있는 파티만 계속해서 굴려도 아이템을 얻을 수 있는데, 뭐하러 이렇게 젖과 꿀이 흐르는 던전을 겨우 요정도 가격만 받고 빌려준단 말이오? 어떤 미친놈이 대륙에서 남이 더 강해질 수 있는 기회를 마련해 주냐, 이 말이오. 어째서인지 뻔하지. 그 무엇보다 대륙의 균형적인 성장이 우선이라고 생각한 거요. 우리 명예추기경님은 그렇게 생각한 게 틀림없다니까!"

"균형적인 성장……."

"그거요! 균형적인 성장. 던전에서 얻을 수 있는 경험, 그리고 아이템. 어떻게 봐도 이건 이 던전 관계자들이 손해 보는 장사라니까. 그렇기 때문에 우리가 여기에 있는 거요. 할 수 있는 일이 뭐겠소. 열심히 성장해서 이후 일어날 위협에 한 손이라도 보태는 것. 그게 우리 클랜이 균열 박물관에 온 목적이요. 아마 다들 그렇겠지. 그렇지 않소? 여러분!"

"말 한번 잘한다, 바크 세르게이! 공화국 놈 주제에 좋은 소리만 하는구나!"

"당연히 그렇지! 그렇고말고! 여기 와서 한 잔 받아가게나!"

"옳소! 무조건 옳지!"

갑작스레 대중에게 의견을 구하는 녀석의 목소리에 다시 한 번 주변이 떠들썩해졌다.

대부분의 모험가는 바크 세르게이의 발언에 고개를 끄덕이는 중. 심지어 박수를 치며 환호성을 보내는 파티도 있다.

얼굴이 벌게진 것이 술주정 부리는 것 같지만 이런 자리에선 저런 놈들의 목소리가 도움이 된다.

이번 일로 혹시나 평판에 금이 갈까 걱정하기는 했지만 그런 일은 벌어지지 않을 거라 확신할 수 있었다.

'이 돼지 새끼 진짜…….'

회귀한 거 아니야? 나도 모르게 이런 생각을 해볼 정도였다. 농담 삼아 던진 생각이긴 하지만 왠지 모르게 지난 행적이 의심된다.

쓸데없는 타이밍에 미친 듯이 유용한 이 돼지의 위력은 가히 발군. 물론 평소에는 트롤짓 아닌 트롤짓을 하기는 하지만 정말로 필요할 때 어김없이 달려와 킬 패스를 넣어준다.

이번 역할도 균열 박물관에 대해서 선동하는 것으로 역할이 끝이 아닌 모양. 이지혜가 어느 정도까지 지시를 했는지 모르나 그 이상을 해주는 느낌이었다.

아마 오늘 자리에서 후반의 나온 이야기들은 대부분은 지시받은 것이 아닌, 녀석이 직접적으로 하고 있는 생각일 수도 있겠다고 생각했다.

그렇게 한참이나 떠들던 녀석이 갑작스레 입을 연 것은 40분 정도가 지난 이후였다.

이만 자리를 마무리하자는 뉘앙스를 풍겨온 것이다.

"큼. 시간도 오래됐는데 이만 올라가는 게 좋겠구만."

조금은 뜬금없는 타이밍. 하지만 잘 생각해 보니 이르다고 할 수도 없다. 우리 파티가 내일 원정을 나간다는 걸 알고 있을 테니 나름대로의 배려한 것이 틀림없으리라. 이쪽에서 먼저 자리를 끝내자는 이야기를 하기가 어려울 거라는 걸 이해하고 있는 것이다.

'인성 보소…….'

절로 존경심이 들 정도. 녀석의 호의를 깨달았는지 이철우의 눈에도 고마움이 감돈다.

"저희도 내일 일찍부터 준비해야 하는 터라……. 오늘 좋은 말씀, 그리고 도와주신 것까지 너무 감사했습니다, 바크 세르게이 님."

"모험가끼리 돕고 돕는 거지, 뭐."

누가 봐도 훈훈한 장면.

"올라가시죠, 기연 씨."

"네. 철우 씨."

선배와 후배가 서로서로 인사를 나누고 고개를 끄덕인다.

개인적으로는 조금 찜찜한 만남이기는 했지만 적어도 우정 클랜에게는 도움이 되는 시간이었다. 여러 정보도 얻은 것은 물론 올바른 생각과 정신을 머리와 가슴속에 새길 수 있었으니까.

'그렇지. 그렇고말고. 이런 기회가 흔하지 않지.'

나 역시 작별인사를 나누는 그룹에 합류에 열심히 손을 흔든 것은 당연. 바크 세르게이는 묘한 표정으로 나를 보다 기분 좋게 고개를 끄덕였다.

"나중에 또 볼 수 있으면 보자니까."

무사히 위기를 잘 넘긴 것 같은 느낌. 하지만 그건 개인적인 희망 사항에 불과했다는 걸 금방 깨달을 수 있었다.

똑똑-

방문을 두드리는 소리가 들려왔기 때문. 슬쩍 문을 열자 시야에 비친 것은 술병을 흔들고 있는 안기모와 박덕구. 특히나 박덕구는 강아지 같은 표정으로 나를 바라보고 있었다.

"들어와라."

함박웃음을 보내고 있는 녀석.

"오랜만이요, 형님."

정말로 오랜만인 것 같다.

"예리는 왜 안 왔어?"

"매혹의 춤 때문에 안 왔다는 거 아니요. 아마 지금쯤 숙소에서 이불을 발로 뻥뻥 차고 있을 거요. 아니, 그나저나 형님 방이 왜 이렇게 작은 거요? 조금 더 커다란 곳으로 옮겨드려도 되나?"

"아냐. 이 정도면 충분해. 불편하기는 한데…… 지금 와서 방 바꾸는 것도 웃기고. 여기에 짐도 다 풀어놨으니까."

"뭐, 그렇다면 할 수 없지만. 그나저나 그…… 형님 말씀대로면 사찰인가 뭔가 때문에 이기연 상태로 보내고 있다는 거요?"

"음. 뭐 그렇지. 사실 간단한 변장만 하려고 했는데 아무래도 일반 변장은 힘들 것 같아서. 그리고 이 몸도 생각보다 크게 불편하지는 않더라구."

"어쩐지 어디서 자꾸 본 것 같은 얼굴이었다니까. 아니, 얼굴은 미묘하게 다르긴 한데 자꾸만 냄새가 나는 거 아니요."

"무슨 냄새?"

"거, 형님한테 나는 냄새가 뭐겠소. 희미한 약품 냄새랑. 뭐 이것저것 섞인 냄새지."

"겨우 그걸로 알아차렸다고?"

"사실 다른 게 있지! 가방 아니요, 가방. 형님이 매일 들고 다니는 가방을 보니까 나도 모르게 형님 생각이 나더라니까. 그리고 이름도 너무 비슷하지 않나! 솔직히 처음에는 전혀 모르고 있었는데, 한 번 형님이라는 생각이 드니까 묘하게 맞아떨어지는 게 있어서 눈치챈 거 아니요! 귀신은 속여도 박덕구 눈은 못 속인다니까!"

"……."

"지금부터는 누님이라고 불러도 되는 거요?"

"누님은 개뿔. 부르던 대로 불러라. 안기모 씨도 그냥 편하게 계셔도 됩니다. 오랜만의 술자리니까요."

"감사합니다, 부길드마스터. 그나저나 이거 정말로 깜짝 놀랐습니다. 부길드마스터가 이렇게 아름다워지실 줄은 꿈에도 몰랐습니다. 가방으로 힌트를 주지 않으셨더라면 꿈에도 몰랐을 겁니다."

"칭찬으로 받아들이겠습니다. 길드는 조금 어떻습니까?"

"똑같습니다. 아무래도 이래저래 손이 많이 가는 일이라 유지보수에 정신없습니다. 손봐야 할 데가 생각보다 많으니까요. 길드마스터도 마찬가지입니다. 여전히 정신없이 보내고 계시죠. 아! 어떻게 길드마스터에게 아직 연락은 넣지 않았는데, 지금이라도 불러도 되겠습니까? 아니면 하얀 씨라도……."

"아니요. 그렇게 하실 필요는 없습니다. 바쁜데 이쪽까지 신경 쓰이게 하기는 싫습니다. 그리고 웬만하면 이 일은 두 분만 알고 계시면 좋겠습니다. 기왕이면 예리까지만요."

'절대로 정하얀이 알게 하지 마…….'

"그럴 줄 알고 예리 씨에게는 미리 말을 해놨습니다."

고맙다, 기모야.

"아암. 내가 또 입 하나는 무겁지. 나만 믿으라니까."

넌 못 믿겠다, 이놈아.

호언장담하며 가슴을 텅텅 치고 있지만 당장에라도 달려가 정하얀에게 이번 일을 보고하지는 않을까 겁이 날 정도였다.

물론 평소 박덕구가 입이 무거운 녀석이었다는 건 인정하지만 정하얀에게는 한없이 가볍다는 것 역시 부정할 수 없는 사실.

이 주제가 더 이어지기 전에 급하게 말을 돌릴 수밖에 없었다.

"그런데 왜 콘셉을 그따위로 잡았어? 물리 마법사…… 그리고 피에 미친 광전사는 뭡니까? 기모 씨?"

"큼. 면목 없습니다. 예전부터 꼭 해보고 싶었던 역할이라……. 그래도 매혹의 춤보다는 조금 나은 것 같다고 스스로 위로하는 중입니다."

"확실히 그건…… 조금 심했지. 예리 그 꼬맹이 발랑 까져 가지고. 언제 한번 파란 길드에서 성교육 수업이라도 진행해야겠습니다."

농담으로 받아들였는지 푸흡 하고 술을 뿜어버린 안기모가 눈에 보였다.

좁은 방 안에 이렇게 셋이 앉아 도란도란 이야기를 나누자 분위기가 제법 좋다. 확실히 이런 시간을 굉장히 오랜만에 보내는 것 같은 느낌.

특히나 박덕구와 술자리를 언제 했는지 기억조차 나지 않는다. 끊임없이 이야기를 쏟아내는 녀석이 질릴 만도 하건만 여러 가지 이야기를 나누니 지루할 틈도 없다.

"상처는 괜찮냐."

"뭐, 몸 튼튼한 거 빼면 시체 아니요. 아니, 오히려 형님이 괜찮은 거요? 템플러들까지 왔다고 들었었는데……."

"몸에는 아무 문제없다. 조금 피로가 쌓였는데 그것 때문인 것 같더라고……."

서로의 안부를 묻거나.

"부길드마스터. 그런데 이건 언제 끝내실 겁니까."

"던전만 잠깐 들어갔다가 나올 겁니다. 얼마 걸리지도 않을 거고요."

"흐음……. 그렇군요. 왠지 모르게 이 자리를 이렇게 끝내기가 아쉬워서 말입니다. 어떻습니까. 이번 일 전부 끝내시면 또 이렇게 한잔하시는 게."

"나는 찬성이요."

"물론입니다."

쓸데없는 이야기를 나눈다. 나 역시 오랜만에 즐거운 자리를 끝내기가 아쉽다.

슬쩍 밖을 바라보니 어느덧 새벽. 지금 자도 몇 시간 못 잔다는 걸 깨닫고는 잠깐 동안 멍해지기는 했지만 그래도 아직 네 시간에서 다섯 시간 정도는 숙면이 가능하다.

'피로 회복 포션 먹으면 되니까.'

꾸벅꾸벅 졸기가 무섭게 눈치 빠른 안기모가 입을 열기 시작. 이만 나가주는 게 좋다는 걸 이제야 깨달은 모양이다.

"이만 일어납시다, 덕구 씨. 내일 던전에 들어가시는데, 저희가 부길드마스터를 너무 붙잡은 모양입니다."

"크흠. 아, 이거 이대로 끝내기는 너무 아쉬운데……. 형님, 딱 한 시간만 더 놀다 갑시다."

"나온 다음에 놀아줄게. 나도 웬만하면 같이 있고 싶은데 진짜 피곤해서 못 참겠다."

"그럼 할 수 없지만……."

"빨리 나가, 이 새끼야. 잠 좀 자자."

녀석을 툭툭 밀어내자 마지못해 일어서는 녀석이 시야에 비쳤다.

"그럼 부길드마스터, 조만간 뵙겠습니다."

"뭐, 필요한 일 있으면 연락하쇼. 달려갈 테니까."

"응."

그렇게 문을 열고 녀석들을 배웅하려던 바로 그때였다.

"아."

짧은 목소리가 들려온 것. 자연스럽게 고개를 돌리니 시야에 비친 것은 우정 클랜 소속의 여자.

왜 이런 시간에 나와 있는지 모르겠지만 경악한 표정으로 나와 아르기르모를 바라보는 게 눈에 보였다. 뒤이어 방에서 튀어나오는 바크 세르게이의 모습까지 확인하자 진한 혐오감이 얼굴에 깃들기 시작.

마치 벌레를 바라보는 표정이 이러할까. 치울 수 없는 인간 쓰레기를 보는 표정이 이러할까.

뭘 오해하고 있는지에 대해 깨달은 순간 나도 모르게 목구멍으로 침이 넘어간다.

"……."

"……."

"뭔가 오해하시는 것 같은데……."

원정 하루 전 남자 둘을 방으로 끌어들이는 미친년.

빛기연이 비치기연으로 이미지가 굳어지는 순간.

못 볼 거라도 본 것처럼 다급히 문을 닫는 그녀의 모습이 시야에 비쳤다.

'조신한 이미지는 끝장났네, 시바.'

평소에 쌓아왔던 조신한 행실이 실수 한 번에 무너지는 소리가 들려왔다.

125장

균열 박물관 리모델링

[무 등급 던전 균열 박물관에 입장하셨습니다.]

[인원 제한 '없음'을 확인했습니다.]

[무 등급의 강제 퀘스트가 발동됩니다.]

[퀘스트-박물관 탐방(0/1)]

솔직히 들어오기 전까지가 고역이었다.

'시바……. 돼지 새끼. 수습도 안 하고 튀었어.'

사실은 시간이 없었다. 아침에 일어나자마자 정신없이 박물관으로 뛰어와야 했으니까.

여성 4명의 경멸 어린 눈빛에 절로 주눅이 들 정도. 어제의 일에 대한 오해를 풀고 싶었지만 그렇게 할 수조차 없었다. 마치 더러운 벌레라도 보는 양 의식적으로 이쪽을 피하는 것이 느껴졌기 때문.

이철우와 김태건도 이 소식을 들었는지는 모르겠지만, 아무렇지도 않게 접근해 오는 것을 보면 믿지 않거나 듣지 못한 모양.

녀석들이 이쪽에 친절하게 대하면 대할수록 경멸의 눈빛은 더욱 심해지는 중. 기분 좋은 상태에서 시작하고 싶건만 그리 순탄하게 진행될 것 같지는 않다.

'그런 거 아니라고……. 빛기연이지, 비치기연 아니라고…….'

속으로 중얼거려 봤지만 그야말로 공허한 메아리에 불과하다.

그런 의미에서 박물관 입성은 좋은 돌파구가 되어주었다. 파티원 모두가 새로운 환경에 시선을 빼앗겨 버렸기 때문이다.

나에게는 익숙한 상태창, 익숙한 배경이었다. 하지만 미묘하게 달라진 느낌.

아무래도 그럴 수밖에 없다. 무 등급 던전이었던 균열 박물관은 완전히 익숙한 듯, 새로운 장소로 재탄생되었다.

칙칙했던 지난 장소와는 다르게 정말로 박물관다운 모양새를 갖춘 것이 첫 번째. 인원 제한이 없어진 것이 두 번째다.

넓은 장소에 모여 있는 이들만 해도 수백 파티는 족히 넘을 것 같은 느낌. 다른 방에서 시작한 파티를 생각해 보면 아마 박물관 안에 들어서 있는 인원은 더 많을 거라고 생각했다.

곧바로 전투를 시작하는 건 아닐까 걱정이 들기도 했지만 균열 박물관에 자부심을 가지고 있는 막스는 그런 형식을 채택하지 않았다.

안쪽에 있는 컬렉션이 얼마나 대단한지 자랑하는 게 바로 우리 아들내미의 소소한 취미니, 자신의 컬렉션을 구경시켜 준 이후에야 전투가 시작될 것이다.

바크 세르게이와 아르기르모에게 들었던 그대로다. 사전 정보가 없었던 파티는 깜짝 놀란 표정이지만 대부분 알고 있었다는 듯 익숙해 보인다. 이미 소문이 퍼질 대로 퍼진 것이리라.

커다란 동공의 안. 감상에 빠지기가 무섭게 이철우가 말을 걸어왔다.

"대단하군요. 확실히…… 정말로 대단합니다."

"네. 저도 그렇게 느껴지네요. 솔직히 이런 광경을 보리라고는 생각하지 못했어요."

'공을 들이긴 했어.'

멋들어진 전시관 안에 전시되어 있는 아이템과 몬스터.

비교적 사람들의 시선이 잘 모이는 곳에서는 메인이라고 불려도 될 정도로 멋진 전시물을 장식해 놨다.

국민지를 포함한 4인방 역시 정신없이 박물관을 둘러보는 중. 잠깐이지만 어제의 사건은 전부 잊은 것처럼 보였다. 멍하니 그 모습을 구경하던 모든 파티원의 시선이 한곳으로 집중된 것은 바로 그때였다.

-균열 박물관에 오신 것을 환영합니다, 모험가 여러분. 던전 관리인 막스입니다.

그리 멀지 않은 곳에서 목소리가 들려온 것.

자연스럽게 고개를 돌리니 오랜만에 보는 아들내미의 모습이 시야에 비쳤다.

[던전 관리인 막스의 정보를 확인합니다.]

[전설 등급의 특성 마음의 눈으로 던전 관리인의 더미를 간파합니다.]

[관리인 막스의 더미]

[관리인 막스에 의해서 만들어진 마력의 응집체입니다. 실체가 없는 허상이기 때문에 상태창과 정보창이 확인되지 않습니다. 박물관에 제한적인 정보에 접근할 수 있습니다.]

'이것도 똑같네.'

더미라지만 반갑다.

우리 똘똘이와 함께 헤어지기 싫다고 찡찡거렸던 녀석의 모습이 기억났으니까.

여기에서는 이토록 근엄한 모습을 보이고 있으니 어떻게 보면 굉장히 귀엽게 느껴질 지경이다.

-오늘도 많은 모험가분이 찾아와 주셨네요. 박물관 탐험이 시작되기 전 주의사항과 함께 여러분이 숙지하셔야 할 몇 가지 사항을 공지하겠습니다. 여러분이 그토록 원하시는 탐험은 이런 전반적인 숙지 사항을 들으며 박물관을 둘러보신 이후에 진행됩니다. 전시물 관람이 끝난 이후에는 각 파티로 흩어져 직접 박물관을 경험하게 될 예정이니 관람 중 파티원을 잃어버리는 것에 유의해 주세요.

-아! 참고로 미리 말씀드리겠습니다만 전시관에 함부로 손을 대시면 페널티를 얻게 됩니다. 일부 품목에 대해서는 강제퇴장을 하는 등의 강경 조치를 취하고 있으니 꼭 주의해 주시기 바랍니다.

"네."

진행 시원시원하다.

박물관 관리인이라고는 하지만 마치 가이드처럼 느껴지는 것이 사실. 억지로 근엄한 척했던 예전의 막스와는 다르게 아주 약간의 귀여움마저 느껴졌다.

-본격적인 설명을 드리기 전에 저희 박물관의 역사에 대해 알아봐야겠죠? 균열 박물관은 여러분이 상상하시는 것보다 더욱 오래된 장소입니다. 균열 수호자분들이 균열을 봉인하기 위해 만드신 곳이고, 또 기억하기 위해 만든 장소입니다. 감히 헤아릴 수조차 없는 기나긴 세월 동안 균열 수호자님들은 이 곳에 스스로를 가두시고 오롯이 봉인에만 집중하셨지요. 균열 박물관에서 관리하고 있는 물품이나 존재는 모두 균열을 통해 흘러들어온 것들입니다. 물론 그 이후에 들어온 것들이나 박물관에서 직접 만들어진 아이템이나 키메라들도 존재합니다만 기본적인 균열 박물관의 성격은 이렇습니다.

"신기하군요."

-균열 수호자분들은 자신들의 모든 것을 바쳐 균열을 봉인하는 데 성공하셨지만 그 이후에도 항상 균형이나 보이지 않는 위협에 대해서 걱정하셨습니다. 때문에 항상 균열에 대해 경각심을 가져야 한다고 말씀하셨지요. 그렇기 때문에 이 박물관을 만드신 겁니다. 박물관 탐험의 보상 대부분이 보물이라고 불리는 무구들로 이루어진 이유 또한 동일하겠죠?

모두 신기하다는 표정으로 주변을 살펴보고 있다.

아마 저런 표정을 할 수밖에 없을 것이다. 대륙에 살아가는 동안 균열이라는 게 뭔지도 모르고 있었던 놈들이 대부분일 테니까.

균열 수호자가 감히 헤아릴 수 없는 시간도 전에 이 대륙을 보호하고 있었다는 것과 여기에 있는 것들이 전부 세상에 풀리지 않았다는 것. 모두 놀라운 일일 것이다.

물론, 한 번 와본 것으로 모자라 균열 박물관 4급 관리자의 칭호를 달고 있는 나는 전부 알고 있는 내용. 굳이 놀랄 필요조차 없다.

하지만 저도 모르게 입을 벌리게 하는 새로운 구조물에 등장에는 나 역시 커다랗게 입을 벌릴 수밖에 없었다.

-잠깐 왼쪽을 바라봐 주시겠습니까? 박물관 탐험가 여러분, 부끄럽습니다만 소, 소개해 드리도록 하겠습니다. 저를 이 세상에 있게 해주신 어머니와 아버지입니다.

'내가 왜 저기 있어.'

균열 수호자 메텔과 내가 착 달라붙어 팔짱을 끼고 있는 모습은 가관. 심지어…….

'메텔 수호자는 왜 임신하고 있는 건데?'

입이 떡하고 벌어졌다.

"저거 명예추기경 아니야?"

"닮은 사람이겠지. 감히 헤아릴 수 없는 시간도 전이라는데…… 복장도 다르잖아. 양식도 완전히 다르고."

"그런가."

"균열 수호자 뭐시기라잖아. 닮은 사람이겠지 뭐."

-지금은 존재하지 않으시지만.

'멋대로 죽이지 마라, 아들.'

-제 가슴속에는 살아계시는 분들입니다. 메텔 수호자님, 어머님과 아버님은 균열 박물관의 발전과 관리를 위해 최선을 다해주셨습니다. 이분들이 없었더라면 아마 지금의 저도, 균열 박물관도 없었을 겁니다. 물론 지금의 대륙도 없었겠죠.

당황스러워 실소가 나왔다는 건 굳이 설명할 필요도 없으리라. 특히나 메텔 수호자가 임신해 있는 부분이 압권. 내 모습을 한 동상은 천천히 움직이기 시작하더니 그 배를 쓰다듬기 시작했다. 심지어 배에 입까지 맞춰주신다. 배에 귀를 가져다주는 둥 아주 메텔에게 지극정성이라 할 만했다.

'골렘이구나.'

조각품들이 서로 사랑스러운 눈길을 주고받는 모습은 뭐라 형용할 수 없는 애정이 느껴질 정도.

'막 아들…… 누가 이런 거 만들라고 했어. 누가…… 영혼결혼식 시켜달라고 했어……. 막 아들! 아빠도 사람이야! 사람!'

손 한 번 만진 적 없건만 메텔을 임신시킨 게 되어버렸다. 얼굴도 한 번 본 게 전부다. 정하얀이 저 모습을 보고 있다면 대뜸 캐스팅을 외워 동상을 폭발시켜 버릴 것이리라.

당황스럽기는 했지만 한편으로는 씁쓸해지기도 했다. 막 아들이 어떤 심정으로 저런 걸 만들었는지 대충 이해가 갔기 때문이다.

'끝나고 한번 안아줘야겠네.'

부자간의 시간을 한번 진하게 가져줘야겠다고 다짐해 볼 정도.

슬쩍 막스의 더미를 보니 부끄러운 듯 얼굴을 붉히고 있는 꼴은 가관. 아마 실제로도 부끄러워하고 있을 거라고 생각했다.

'못난 아버지를 둔 아들에게 미안하네…….'

-그, 그럼 다음으로 넘어가 볼까요? 옆에 놓인 아이템들이 바로 전설 등급의 아이템입니다. 시간은 많으니 천천히 봐주세요. 노파심에 다시 한번 말씀드리지만 전시되어 있는 아이템은 모두 시스템의 보호를 받고 있습니다. 오해할 만한 행동을 하지 않도록 스스로의 행동에 유의해 주시기 바랍니다.

"와아."

"이것 좀 보세요. 이거……. 철우 오빠!"

"기연 씨, 이리 좀 와보시죠. 이런 지팡이도 있습니다."

"아, 네."

'난 이미 전부 다 봤다, 철우야. 그러니까 너한테 말 거는 애들도 좀 상대해 줘라.'

"전설 등급의 지팡이입니다. 정말로 전설 등급의 아이템도 보유하고 있는 거였군요. 박물관 카탈로그에도 나와 있는 아이템입니다."

-전설 등급의 아이템의 경우는 영웅 등급의 난이도에서 아주 낮은 확률로, 전설 등급의 던전에서는 낮은 확률로 뽑으실 수 있습니다. 영웅 등급의 아이템은 희귀 등급의 난이도에서 낮은 확률로, 같은 영웅 등급의 던전에서는 일반 확률로 뽑으실 수 있으시고요. 더불어 시중에서 판매되고 있는 양산형 영웅 등급의 아이템도 있으니 이 점 유의해 주시기 바랍니다.

"이것 좀 보세요! 신화 등급의 망치예요. 태건 오빠, 이런 건 값으로도 따질 수 없겠죠?"

"기연 씨, 여기 로브 한번 보시는 게 좋을 것 같습니다. 영웅 등급의 난이도에서도 등장하는 아이템인데 제법 확률이 좋은 것 같습니다."

'너도 마찬가지야. 김태건 이 자식아.'

-여기에 있는 이들이 전설 등급의 몬스터입니다. 신화 등급의 존재 역시 3종을 보유하고 있지만 여러분이 보고 계시는 신화 등급의 몬스터를 제외한 2종은 현재 극도의 주의를 요하는 상태라 감상하기 힘든 점 양해 부탁드립니다.

'얘도 오랜만이네…….'

저번에 한 번 봤음에도 불구하고 도무지 적응이 되지 않는다.

무기로 만들어진 의자에 앉아 있는 녹색의 피부를 가지고 있는 괴물. 거대한 뿔과 거대한 꼬리 그리고 주변을 떠다니는 일곱 가지의 무기. 저번에 봤던 모습 그대로다.

녀석의 주변을 둘러싸고 있는 인간들은 모두가 침을 삼키는 중. 아마 내가 녀석을 처음 봤을 때 한 생각을 하고 있음이 분명하리라.

'이딴 걸 어떻게 이겨…….'

그 말 그대로. 이건 압도적인 존재다. 평범한 인간의 상식으로는 이해할 수 없는 괴물. 심지어 이 괴물이 진품이 아니라 잘 만들어진 모조품이란다.

웅성거리는 인간들을 보고 기분이 좋아졌는지 막스가 미소 지었다.

-아마 여러분이 신화급 존재를 상대하실 수는 없으실 겁니다. 큼큼. 지난번에 조금 사고가 있었던 터라……. 본래는 신화 등급도 여러분의 탐험에 넣어야 하지만 그…… 양해 부탁드립니다.

박물관 4급 관리인의 권한으로 녀석들을 완전히 봉인시켜 버렸다. 이딴 건 세상에 나오면 안 되는 놈들이라는 거다.

그러고 보니 지난번에 왔을 때는 마음의 눈으로 저 녹색의 괴물이 보이지 않았었다.

'격이 부족하다고 하지 않았나? 지금은 될 것 같은데…….'

마음의 눈도 성장했고 직업도 준신화 등급 판정을 받았으니까. 어떻게 보면 비등비등한 존재라고 볼 수도 있다.

그렇게 마음의 눈을 발동시키려던 그때였다. 어깨에 통증이 느껴진 것. 심지어 몸도 앞으로 밀린다.

반사적으로 고개를 돌리자 시야에 비친 것은 국민지 패거리. 사과는커녕 모르는 척 지들끼리 재잘대고 있는 모습은 가관.

'인성 나오게 하지 마라……. 이 계집애들아.'

조금씩, 조금씩 인내심이 끊어지려 하고 있었다.

126장
선즙필승

따돌림이라니……. 아마 어젯밤에 있던 사건이 결정적이었으리라. 그동안의 조신한 이미지를 전부 말아먹을 정도로 큰 사건이었으니까.

솔직히 나라도 그녀들 같은 행동을 취했을 거라 장담할 수 있다. 저들 입장에서 이번 원정은 클랜의 향후 방향을 결정할 정도의 커다란 이벤트일 터. 푹 쉬고 힘을 비축해도 모자랄 판에 굴러들어온 돌이 밤새 술판을 벌였다. 어떻게 봐도 지탄받아 마땅한 행동이기는 하다.

조금 일을 크게 벌이면 당장 파티에서 제명하고 여러 가지 단체에 찔러 공론화시켜도 할 말이 없는 사건. 만약 내가 우정 클랜원이었다면 높은 확률로 잘리거나 그에 걸맞은 페널티를 받았으리라.

약간의 오해가 있는 것 같기는 했지만 그걸 감안하더라도 개념 없다는 꼬리표를 달기에는 부족함이 없다는 거다.

'슈바…….'

하지만 이렇게 노골적으로 적의를 드러낼 줄은 예상하지 못했던 부분. 특히나 대놓고 비웃는 얼굴이 그랬다.

무슨 계획이 있는 건지는 모르겠지만 이쪽에 빅 엿이라도 먹일 생각에 행복해하고 있는 얼굴들.

솔직히 마음에 드는 얼굴은 아니었다. 빛기연은 엿을 먹는 데는 익숙하지 않았으니까.

"풉."

"푸흡."

"킥킥."

몸이 휘청거리기가 무섭게 고막을 강타하는 비웃음 소리.

"후우."

애들 장난에 장단 맞춰주기는 싫지만 자꾸만 짜증이 치밀어 오르기 시작한다.

'이 계집애들…….'

전방을 바라보자 벌써 멀찍이 떨어져 수다를 떨고 있는 이들이 시야에 비쳤다. 그 와중에도 막스는 계속해서 박물관에 대한 설명을 진행하고 있는 중. 아버지가 여기에서 어깨 빵을

당하고 있을 거라고는 상상하지 못하고 있는 것이다.

'눈치챌 만도 한데…….'

아마 천천히 구성원들을 하나씩 하나씩 살펴본다면 충분히 내가 이기영이라는 사실을 눈치챌 수 있을 것이다. 녀석이 김현성이 특이하다는 것과 내가 특별한 눈을 가지고 있다는 걸 발견했었단 걸 생각해 보면 충분히 간파할 만하다.

하지만 엄청나게 많은 인원을 한꺼번에 케어하려다 보니 그렇게 살펴볼 시간은 없는 모양. 누가 봐도 정신없게 느껴질 정도였으니 어느 정도 이해해 줄 만했다.

'조금 흥분한 것 같기도 하고…….'

자기 할 말만 쏟아내고 있고 박물관 탐험가들도 호응을 잘 해주니 신이 난 모양이다. 마치 공부라도 하는 것처럼 막스가 하는 말을 필기하는 녀석이 있는가 하면 박물관 전시관에 있는 몬스터나 아이템을 스케치하는 녀석까지 등장하기 시작했으니. 아마 앞으로 한 번이 아닌 만큼 이 장소에 대한 정보를 조금이라도 습득하려는 의도이리라.

물론 이렇게 공부하는 녀석들만 있는 건 아니다. 정말 박물관이라도 온 것처럼 이곳저곳을 기울이고 있는 놈들 역시 꽤나 높은 비율을 차지하고 있었다.

보상을 미리 알려주는 던전은 없다. 던전의 네이밍이나 등급에 따라 어떤 종류의 아이템이 나올지 예상할 수는 있지만 균열 박물관처럼 대놓고 전시해 놓는 곳은 없다는 거다.

안 그래도 제삿밥에 관심이 많은 모험가들이 흥미진진하게 주위를 둘러보는 게 당연했다.

"저기 봐요."

"이런 건 구하기 힘들 텐데……."

"대륙 양식의 무기라고 하기에는 애매하지만 한번 써보고 싶네요. 특수 능력으로 뭘 갖고 있는지도 궁금하고……."

"잘 팔리지는 않을 것 같은데……. 노릴 만한 게 있는지 조금 더 알아보자고."

여기저기에서 들려오는 진지한 목소리들.

박물관이 한순간에 호황을 맞이한 만큼 막스의 입이 찢어지고 있었다. 진지한 관람객들의 반응에 힘을 얻은 것이다. 약간 크게 들려온 혼잣말에도 반응하는 꼴은 가관. 평소대로의 막 아들이었다.

"그런데…… 여기에 있는 것들이 전부인가?"

-물론 여기 있는 아이템이 전부는 아닙니다. 저희 균열 박물관에서는 역사적으로 가치가 높다고 말할 수 있는 아이템들 역시 계속해서 수집하고 있습니다. 이를테면 대륙 곳곳에 퍼져 있는 유물급 아이템들 말입니다. 조금 과장해서 말하자면 보존해야 할 가치가 있는 물건은 거의 대부분 박물관에서 보

관 중에 있습니다. 당연히 그런 물건들 역시 보상 목록에 포함되어 있고요. 아마 여러분이 놀라실 만한 물건도 있을 겁니다.

"그렇구나……."

-부족한 아이템의 물량 역시 저희 박물관에서 특수 제작한 아이템으로 충당하고 있으니 다른 부분은 걱정하지 않으셔도 됩니다. 혹시나 다른 질문이 있으십니까?

"정확한 확률은 어떻게 되는지……."

-정확한 확률은 공개해 드리기 어렵습니다. 그건 균열 수호자님들이 직접 지정하신 것들이라……. 다만 모든 것이 무작위로 이루어지며 여러분이 원할 시에 추가 기회를 부여해 드리고 있다는 건 말씀드릴 수 있습니다. 아! 슬슬 박물관 탐험을 시작해야 할 시간이 찾아왔군요. 마음 같아서는 여러분과 함께 하루 종일 박물관을 둘러보고 싶지만 시간을 조금 더 지체한다면 이후에 들어올 분들께서 피해를 보는 터라……. 박물관에 오신 모든 탐험가는 골렘의 통제에 맞춰서 움직여주시기 바랍니다. 파티원을 잃어버리시거나 섞이지 않게 주의해 주시기 바랍니다. 통제에 따라주지 않으면 강제 퇴장 조치 될 수

있습니다.

"기연 씨, 이쪽입니다."

"네, 철우 씨."

"빨리빨리 움직입시다."

"길 막지 마요! 전설 등급 던전 파티 먼저 지나갑니다."

강제 퇴장 조치당한다는 발언이 결정적이었는지 빠릿빠릿하게 움직이고 있는 이들이 눈에 보인다. 몇백 골드를 쏟아부어 들어온 던전일 테니 쫓겨나고 싶을 리 만무. 마력 골렘의 인도에 질서정연하게 서 있는 모험가들의 모습은 영 적응되지 않는다.

전시장을 둘러보고 있던 파티원들이 속속들이 모이고 각각의 자리로 안내되기 시작했고, 우리 파티도 예외는 아니었다.

멀찍이 떨어져 전사용 아이템을 구경하던 김태건과 뭔가 꿍꿍이가 있는 것 같은 국민지 4인방 역시 이철우가 있는 곳으로 다가왔다.

"민지야, 아이템 목록은 정리해 놨지?"

"네. 시간이 없어서 전부는 아니지만 쓸 만하다고 생각하는 것들은 전부 체크해 놨어요. 근데 크게 의미가 있을 것 같지는 않아요. 보니까 메인 전시관에 전시된 아이템들은 쉽게 뽑을 수 없는 것들인 것 같고……. 몬스터들도 마찬가지예요. 혹시나 전설급 몬스터나 신화급 몬스터가 나오면 어떡하나 하고 걱정했는데 그럴 확률은 없거나 희박한 것 같았어요."

"그래. 수고했다."

"아니요. 당연한 일인데요. 뭐."

"아마 이쯤에서 대기인 것 같은데. 어제 들은 이야기로는 여유 시간이 조금은 있겠지만 지금부터라도 전투 준비를 하는 게 좋을 것 같다. 속에 부담이 되지 않을 정도로 요깃거리를 해도 괜찮고 음. 들어가기 전에 장비들 미리 점검해 두고. 이미 아침에 모두 확인했겠지만."

"시간이 없어서 확인하지 못한 사람도 있을 수 있으니까요. 이런 시간이 있다는 건 좋은 것 같아요. 그렇죠. 기연 씨?"

힐끔 날 바라본 이후에 입을 연 것을 보니 다분히 날 저격한 말처럼 들렸다. 아니, 애초에 내 이름을 불렀으니 나를 저격한 것이다.

'시간이 없기는 했지.'

하지만 굳이 이런 타이밍에 입을 열어왔다는 의도가 궁금했다. 본격적으로 박물관 안으로 진입할 차례를 기다리고 있었으니까.

'시바…… 혹시…….'

여전히 김태건과 이철우는 뭔가 이상함을 느끼지 못하는 상황. 하지만 최대한 웃음을 참고 있는 4인방을 보자 저들이 무슨 생각을 하고 있는지 알 수 있을 것 같았다.

'이 사탄도 울고 갈 년들…… 너네 기어코 날 쫓아내려고 하는구나.'

눈엣가시였던 이쪽을 진입 직전 밀어내려고 계획한 것이 분명.

'마법사 필요 없어?'

정확히 말하면 내가 필요 없다고 생각했을 수도 있다. 저들의 입장에서 빛기연은 무임승차자처럼 보일 테니까.

어제 바크 세르게이에게 이야기를 듣고는 6명이 공략이 가능하다고 판단했을 수도 있고 아니면 모험 보험을 믿고 있을 수도 있다.

따로 마법사를 구해놨을 수도 있지만 결론은 일이 틀어져도 비빌 구석이 있다고 생각하고 있다는 것.

어처구니가 없어 당황스러울 지경. 굳이 여기까지와 간을 보기 시작한 저의가 뭔지 눈에 보였기 때문이다.

'개고생시키고 싶다, 이거네.'

4명이 함께 입을 모아 이철우와 김태건에게 입을 털지 않은 이유가 바로 이거다. 조금 더 결정적인 순간에 엿을 먹이고 싶었을 테니까. 프로 엿 제조사라면 당연히 생각해 봄 직한 행동이다. 별건 아니지만 기분이 나쁜 것은 당연했다.

'너희가 사람이냐.'

선량한 모험가를 이런 식으로 대우해서는 안 된다.

다시 한번 국민지가 입을 열어온 것은 내가 막 입을 떼려고 했을 때였다.

"그런데 오빠들…… 어디서 썩은 냄새 나지 않아요?"

"무슨 냄새?"

"저도 잘 모르겠는데 뭔가 썩은 냄새가 나는 것 같아요. 조금 지독한 냄새요. 으…… 정말 더럽고 역겹네요. 이거 저밖에 안 나요?"

"저도 나요."

"저도요."

"우웩. 우우웁……."

"……."

김태건과 이철우는 얘들이 뭘 잘못 먹은 건 아닌지에 대해 걱정하고 있는 것 같았지만 아마 이 발언의 목적이 뭔지는 금방 알게 될 것이다.

"오빠들."

"무슨 일인데 그래? 자꾸?"

"글쎄요. 저 여자한테 물어보는 게 좋으실 거예요. 아무래도 이상한 냄새는 저 사람한테서 나는 것 같으니까."

"뭐?"

"민지야, 그게 무슨 말버릇이야. 내가 그런 식으로 말하지 말라고 몇 번이나!"

"제가 괜한 말씀을 드리는 게 아니에요. 철우 오빠. 그럴 만한 이유가 있다니까요. 애초에 저거 모험가도 뭣도 아니에요. 무임승차하려는 꽃뱀이지. 굳이 같이 진입할 필요? 없어요. 저 사람 구하느라 허비한 시간이 조금 아깝기는 하지만 차라리 없는 게 도움이 될걸요?"

"민지야!"

"처음부터 이기연 저 여자한테 이번 원정은 진지하지도 않았어요. 어떻게든 오빠들 꼬셔서 신분세탁 하려는 것 목적밖에는 없었다니까요? 몸 팔고 영혼 파는 사람이랑 던전에 들어가 봤자 힘들어질 뿐이에요."

"당장 사과해."

"아뇨. 사과 못 해요. 저 여자한테 직접 물어보세요. 어제 무슨 일이 있었는지."

"뭐?"

"어제 새벽에 미정이 언니가 봤거든요."

"뭘 봤다는 거야. 도대체."

"바크 세르게이랑 아르기르모. 두 사람이 저 여자 방에서 나오는 거."

"정말입니까?"

"네. 제가 눈으로 직접 확인했어요, 철우 오빠, 태건 오빠. 저 여자랑은 눈까지 직접 마주쳤고요."

"……."

"……."

"저, 그러니까 그건 오해……."

"야심한 밤에 남녀가 뭘 하고 있었으려나? 원정 앞두고 있다는 자각은 있으셨던 거죠? 기연 씨? 아니면 아무래도 상관없었던 건가? 몸도 튼튼하셔라. 행군할 때는 그렇게 질질 짜더니 남자 둘이랑 놀아날 체력은 있었나 봐. 얼마 받으셨어요? 그렇게 하는데 얼마 받았냐고요? 아니, 애초에 접선은 어떻게 한 거지? 몸 파는 사람들끼리의 커뮤니티라도 있는 건가? 저도 웬만하면 참으려고 했어요. 분위기 좋았고 굳이 이렇게 산통 깨고 싶지는 않았는데 해도 해도 너무한 것 같아서요. 참다 참다 못해서 말씀드린 거예요. 이런 던전은 모험가들을 위해서 있는 거지 당신 같은 사람을 위해서 있는 곳이 아니에요."

"아니……."

"어떻게 할래요? 당신 발로 직접 나가실래요? 아니면 제가 직접 끌어내 드릴까요?"

'슈바.'

슬쩍 주변을 살펴본 것은 당연했다. 대충 여론이 어떤지 파악하는 게 먼저였으니까.

일단은 힘이 되어줄 남자 둘. 하지만 이철우와 김태건의 표정이 조금 미묘해 보인다. 국민지는 모르겠지만 미정인지 뭔지 하는 여자가 거짓말을 할 성격은 아닌 모양이다.

무언가 설명을 요구하는 듯한 눈빛.

정치 인생 27년. 이런 곳에서 정치질을 당해 궁지에 몰릴 줄은 상상도 못 했다.

물론 타개책은 존재한다. 하지만 생각을 정리하기도 전에 이미 안구는 활발한 활동을 할 준비를 마치고 있었다. 거의 무의식에 가깝게 펼쳐진 행동.

"히끅. 흐그윽."

평소와 다른 울음소리가 내 귀에 직접 들려온 것은 당연지사.

'선즙필승…….'

0.5초도 지나지 않아 악어의 눈물이 쏟아지기 시작했다.

"히끅……."

선택지가 딱 이것밖에 없는 것은 아니었다.

하지만 내가 채 판단을 내리기도 전에 눈에서 흘러나온 즙은 이것이 가장 정답에 가깝다고 이야기하고 있었다.

지금 와서 다른 선택을 할 수 있을 리 만무. 계속해서 닭똥 같은 악어의 눈물을 뽑아내자 이철우와 김태건의 동요하는 얼굴이 시야에 비치기 시작했다. 어떻게 해야 할지 당황했다는 표현이 어울리리라.

"그런 게 아니라……."

"하……."

당연하지만 국민지 4인방의 표정은 썩어들어가는 중. 지금

이게 뭐하는 짓이냐는 얼굴이다.

선즙필승이라는 과감한 스킬을 사용할 거라곤 예상하지 못한 모양. 분위기를 살피며 태세를 정비하고 있는 것이 눈에 보였다.

'확실하지 않으면 승부를 걸지 마라. 이 계집애들아.'

마음속으로 그리고 있었던 그림은 분명 이런 그림이 아니었을 터. 공개적으로 개망신을 준 이후에는 모든 것이 무난하게 진행될 거라고 생각했을 것이다. 이철우와 김태건의 지지를 받은 이후에 정식으로 파티에서 추방할 것을 건의하고, 만약 그게 불가능할 경우에는 다소 강경하게 나왔을지도 모른다.

그 모든 계획이 선즙 한 방에 무너지는 순간.

너무나도 서럽게 들리는 내 울음소리는 어느새 조용해진 장내를 가득 메우고 있었다.

'내가 들어도 서럽다.'

"흐으윽."

물론 그녀들이 선택한 것은 예상하던 예의 그 강경책. 무척 뾰족한 목소리가 다시금 귀가 들어와 내리꽂혔다.

"와 진짜…… 어이없네. 뭘 잘했다고 울어요?"

"히끅……."

"이런다고 뭐가 달라질 것 같아요? 진짜 어이없네."

"완전히 미친년 아니야? 저거?"

"진짜 내가……. 하."

하지만 통할 리가 없다. 이미 이철우와 김태건은 이미 선즙 아우라의 영향을 받고 있다.

국민지와 4인방과 내 앞을 가로막고 있는 모습은 마치 베를린 장벽, 캐슬락 성벽보다 든든한 그 모습은 내가 어떤 트롤짓을 해도 보호해 줄 수 있을 것처럼 느껴졌다.

이미 여론이 이런 식으로 돌아가고 있는데도 화끈한 목소리를 쏘아내주기까지 하니 감사한 것은 당연지사.

철저하게 피해자로 위장한 위장전술은 빛기영의 몸보다는 비치기연의 몸으로 펼치는 것이 더 편하다는 것을 깨달은 순간이었다.

"너희 지금 뭐 하는 거야?"

"오빠도 방금 들었잖아요. 저 여자 오빠들이 생각하는 그런 사람 아니에요. 처음부터 조금 이상했다니까. 아무것도 없이 파티 신청한 것도 그렇고요. 저런 여자랑 같이 던전에 들어가라고요? 더 위험하면 위험했지 도움도 안 될 거예요."

"내가 쓸데없는 짓 하지 말라고 몇 번이나 말하지 않았어, 국민지?"

"쓸데없는 짓이 아니라니까요? 그게 더 파티에 도움이 될 것 같아서 이러는 거지. 오빠들 속고 있는 거예요."

"기연 씨, 괜찮으십니까? 진정하시고……."

"히끄으윽."

여러 말이 소란스럽게 들려오지만 당연히 눈물을 멈추지 않는다. 이쪽을 위로하는 이철우부터 국민지 포함 4인방과 대치하고 있는 김태건까지.

선즙은 절대로 지는 일이 없다는 오랜 격언이 다시 한번 심장 속에 틀어박혔다.

"와, 진짜 황당하네. 진짜로."

"이렇게까지 하고 싶어요?"

"국민지."

"우리 잘못 아니라니까요! 아까 한 이야기 못 들은 거 아니잖아요?"

"너희가 뭔가 오해했겠지. 기연 씨는 그런 사람 아니야."

'네가 날 언제 봤다고 그런 사람이 아니라고 하냐, 철우야. 아무튼 고맙다. 잊지 않으마. 근데 사람 너무 쉽게 믿는 거 아니다.'

"오해는 무슨 오해예요. 미정이 언니가 직접 눈으로 확인한 게 있는데. 이봐요, 이기연 씨. 제 말이 틀려요? 오늘 새벽에 우리 언니랑 마주쳤잖아요?"

여기서가 중요하다. 물론 조금 억지스럽기는 하지만 적절한 변명은 이미 준비되어 있다.

"클, 클랜 영입 제의를…… 히끅, 받았을 뿐이에요. 저도 깜짝 놀라서…… 정말로 여러분이 생각하는 그런 일은…… 히끅. 없었어요. 없…….”

‘음란한 것은 내가 아니라 너희 머릿속에 있는 그 더러운 생각이다.’

“그 새벽에 클랜 영입 제의? 그런 변명을 누가…….”

‘누구긴 누구야. 너네 오빠들이 믿지.’

“새벽 일찍부터 떠난다고 하셔……. 히끅.”

“말을 좀 제대로 해주시겠어요?”

“죄송합니다. 흐그읍. 죄, 죄송합니다.”

“아니요. 기연 씨가 죄송할 일이 아닙니다.”

“죄송합니다. 제가…… 죄송…….”

실제로도 목이 멘다. 누가 이 광경을 보고 연기라고 말할 수 있을까. 얼마나 억울했는지 터져 나오는 울음소리가 입가에서 새어 나오는 말을 전부 막아주고 있었다.

물론 어리숙해 보일 것이다. 자기감정을 컨트롤하지 못해 제대로 말도 꺼내지 못하고 있는 꼴은 답답하게 느껴지는 것이 당연하다.

하지만 그렇게 생각하고 있는 것은 저 4인방 한정. 이철우와 김태건은 정말로 뭔가 잘못됐다는 듯이 빛기연을 달래주기에 여념이 없다.

“굳이 말씀하지 않으셔도 됩니다.”

"그 말을 믿는 거예요? 그 새벽에 영입 제의를 하러 왔다고요? 새로운 클랜원 영입하는 데 클랜마스터는 어디에 있었던 건지 모르겠네. 그 말, 믿으라고 하는 말은 아니죠? 정말 말도 안 되는 말이라는 거 본인도 인지하고 있죠?"

"죄송합니다, 히끅. 제가…… 잘못했습니다."

"기연 씨 잘못이 아닙니다. 사과하실 필요 없습니다."

"아니요……. 제가 잘못……."

'내가 바로 정의다.'

"잘못했습니다……."

'이게 바로 빛기연이다!'

"끝까지 지가 피해자지? 끝까지?!"

"죄송……."

더 이상 참지 못하겠다는 듯 이철우의 품에 살짝 안긴 것은 당연지사. 순진한 녀석은 잠깐 깜짝 놀란 듯싶었지만 병신은 아닌지 어깨를 두드려주기 시작했다.

'이것도 못 하면 병신이지.'

얼굴을 보지는 않았지만 아마 무척 붉어져 있을 것이다.

물론 여기서 끝낼 생각은 없다. 슬그머니 눈을 흘긴 것은 당연. 조금 더 확실한 한 방을 위해 비웃음을 일발 장전한다. 저쪽이 흥분하면 흥분할수록 유리해지는 것은 나니까.

이철우의 품에 살짝 안긴 채로 슬그머니 고개를 돌려 정확히 국민지와 눈을 마주친다. 운이 좋은 건지 나쁜 건지 모르겠지만 다른 여성 3인방은 김태건과 이야기를 주고받고 있다.

계속해서 우는 소리를 내고는 있지만 슬쩍 입꼬리를 올려 보였다. 아마 국민지의 눈에는 눈을 반달로 뜬 불여시가 미소를 흘리고 있는 것처럼 보일 것이다.

부들부들 떨고 있는 얼굴을 보니 나름대로 화를 잘 참고 있어 칭찬해 주고 싶은 심정.

움직이는 도발 토템 같다는 평가를 받은 이후라 조금은 놀랄 수밖에 없었다. 수많은 악마 관계자들도 이 비웃음에는 화를 참은 적이 없다.

하지만 그것도 잠시. 순진한 사제 이철우의 드넓은 가슴에 본격적으로 머리를 가져다 대며 아양 아닌 아양을 떨기 시작하자 천둥과도 같은 목소리가 울려 퍼졌다.

"이 불여시가! 오빠한테서 안 떨어져!"

"……."

"……."

"말조심해, 국민지!"

"이 시발, 걸레 같은 년이! 방금 못 봤어요? 방금 나보고 비웃었잖아. 시발! 나 비웃었잖아!"

"국민지!"

"너!"

'너무 추하다, 민지야.'

갑작스레 달려온 그녀는 누가 봐도 정신이 나간 것만 같다. 이철우가 나를 보호하기 위해 앞을 막아섰지만 연약한 사제의 몸으로 민첩한 도적을 막을 수 있을 리 만무.

결국에는 그녀가 내 팔을 정확히 가격했다.

"꺄아아아아아아아아악!"

단순히 밀어내고 싶을 뿐이었겠지만 받아들이는 쪽은 그렇지 않다.

오랜만에 헐리웃 액션을 선보이며 땅바닥으로 떨어져 나가자 황급히 나를 부축하는 이철우가 눈에 띈다.

씩씩거리는 표정의 국민지는 곧 본인이 실수했다는 걸 깨닫곤 아연실색해졌다. 국민지 외 여성 3인방의 얼굴도 그리 좋아 보이지는 않았다.

어찌 됐건 몸에 손을 댔고 결국에는 상처를 입힌 것이다. 내가 잘못했어도 결국에는 그녀들이 잘못한 것이다.

누가 봐도 가해자와 피해자는 명백한 상황이니 베를린 장벽들이 흥분하는 것도 무리는 아니리라.

"미, 미아……."

"지금 이게 뭐하는 짓거리야!"

결국에는 커다란 노성이 울려 퍼졌다.

"오, 오빠……."

"아직 원정을 시작하지도 않았는데 이런 식으로 해야겠어?!"

"그게 아니라……."

"지금 네 모습이 어떤지 자각하고 있는 거야? 작작 좀 해라, 국민지. 작작 좀 하라고! 도대체 왜 이러는 거야. 잠깐인데…… 그것 하나 참기 힘들어? 너 이런 애였어?"

'명대사 나왔다. 키야. 너 이런 애였니! 철우야! 연기자로 영입해도 되겠다! 드라마 대사 오졌다!'

"오빠, 그게 아니라 저 여자가……."

"듣기 싫다. 민지야, 지금 네 얼굴 보기도 싫어."

"오, 오빠."

눈에 눈물이 고이기 시작한 민지의 모습은 조금은 측은하게 느껴졌다. 보잘것없는 애송이들을 상대로 선즙이라는 가드 불능기를 펼친 것이 미안할 정도.

뒤늦게 즙을 짜고 있는 것 같지만, 후즙은 선즙에 비해 그 효과가 미비하다.

부모에게 버림받은 것 같은 얼굴을 보니 국민지에게 이철우라는 사람은 제법 중요하게 여겨지는 모양이다. 하지만 그런 그녀를 향한 철우 씨의 냉랭한 목소리가 울려 퍼지는 것은 그렇게 오래 걸리지는 않았다.

"사과해."

"어……?"

"당장 기연 씨에게 정식으로 사과해."

"하지만……."

"나를 더 실망시키지 마, 민지야. 지금 최대한 좋게 이야기하고 있는 거야. 사과해."

자존심을 굽히라는 말과 진배없는 발언. 냉담한 이철우의 태도에 국민지는 결국 천천히 이쪽으로 다가오기 시작했다.

혹시나 단검이라도 날리는 것은 아닌지 걱정 아닌 걱정이 들기는 했지만 입을 꽉 다문 채 고개를 숙이는 것을 보니 그 정도로 미친년은 아니었던 모양이다. 순간의 화를 참지 못해 일을 벌인 상황.

"……죄송합니다. 끄으으윽."

"……."

"죄, 죄송합니다……. 끄으으으윽. 잘못…… 했습니다."

'그래. 잘못한 거 알면 됐다, 민지야. 언니한테 함부로 까부는 거 아니야. 이게 사회생활이다. 즙은 뒤에 짜는 게 아니라 앞에 짜는 거야. 무조건 선즙이 유리한 거야.'

사실 조금 더 궁지로 몰아넣고 싶은 마음은 굴뚝같다. 하지만 국민지가 이 정도까지 해줬다면 나 역시도 뭔가 액션을 보여줘야 한다.

이후 원정을 들어가야 하기도 하고 이렇게 감정의 골이 상한 상태에서 서로의 등을 맡겨야 한다는 것도 말이 되지 않으니까.

"아뇨……. 제가 더…… 죄송합니다. 부족한 게 많아서…… 여러 가지로 오해하게 만든 것 같아서."

손을 만지고 살짝 껴안아주기까지.

이쯤 되면 작은 전쟁은 끝난 것이나 다름이 없다. 여성 3인방 역시 순서대로 고개를 숙여 왔다는 것은 굳이 설명이 필요 없으리라.

"제가 오해를 한 것 같아요. 죄송합니다, 기연 씨."

"정말 죄송합니다."

"죄송해요."

"아뇨. 괜찮아요. 정말로 괜찮으니 그렇게 고개 숙이실 필요 없어요. 제가 행실을 똑바로 하지 못한 탓도 있으니까요."

'진짜 착해져도 너무 착해졌다, 기연아.'

평소였다면 이 버르장머리 없는 년들을 완전히 박살 내버렸을 것이다. 겨우 이 정도로 끝내준 것만 해도 진심 어린 사과와 함께 감사의 인사를 받을 자격이 있다.

"마음씨도 예쁘네."

김태건이 작게 중얼거리는 목소리가 귓가에 내려앉았다.

어떻게 생각해도 옳은 말이었다.

to be continued

Wish Books
나는 될 놈이다
글쓰는기계 게임 판타지 장편소설
WISHBOOKS GAME FANTASY STORY
판타지 온라인의 투기장.
대장장이로 PVP 랭킹을 휩쓴 남자가 있다?
"아니, 어디서 이런 미친놈이 나타나서……."
랭킹 20위, 일대일 싸움 특화형 도적, 패배!
"항복!"
'바퀴벌레'라고 불릴 정도로
끈질긴 생명력을 가진 성기사조차 패배!
"판타지 온라인 2, 다음 달에 나온다고 했지?"
평범함을 거부하는 남자, 김태현!
그가 써내려가는 신개념 게임 정복기!

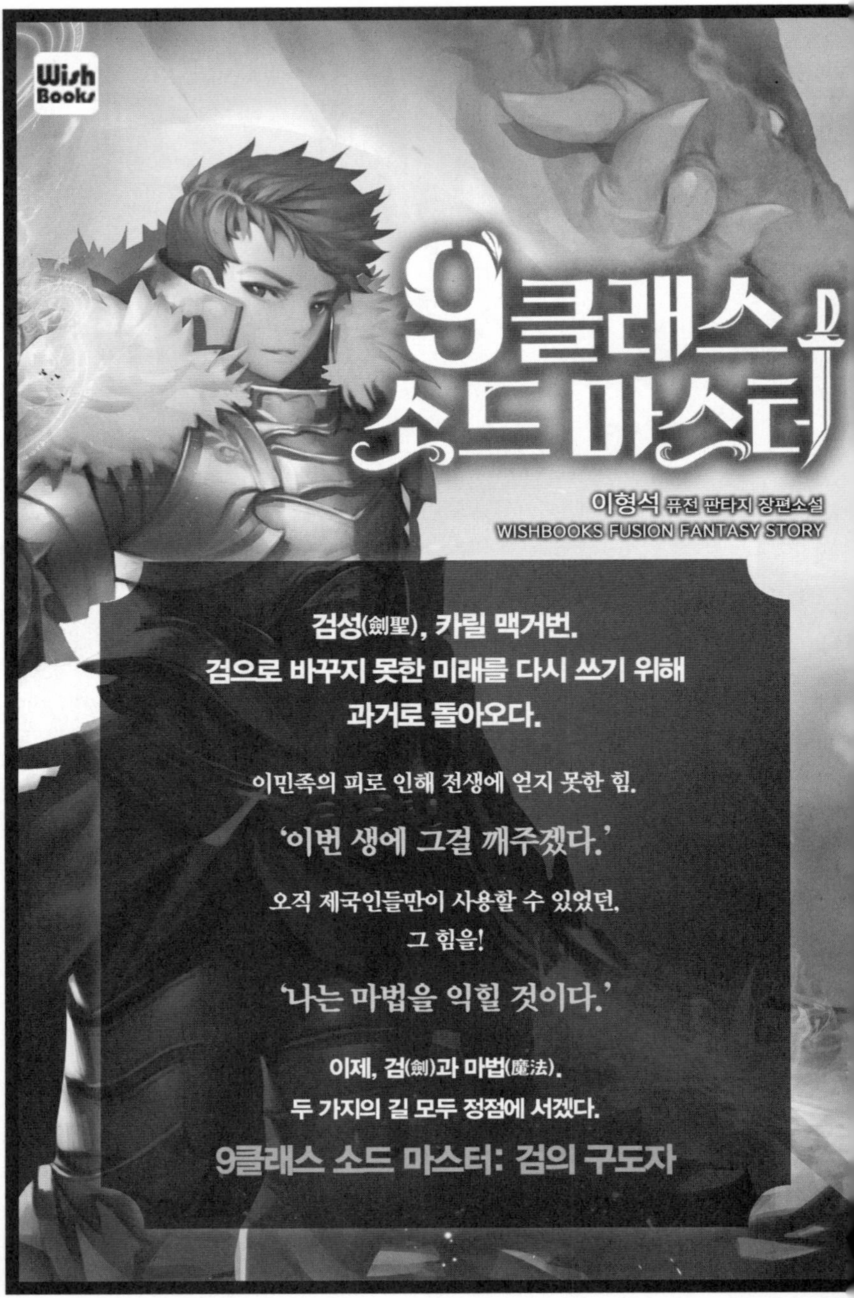
Wish Books
9클래스 소드 마스터
이형석 퓨전 판타지 장편소설
WISHBOOKS FUSION FANTASY STORY
검성(劍聖), 카릴 맥거번.
검으로 바꾸지 못한 미래를 다시 쓰기 위해
과거로 돌아오다.
이민족의 피로 인해 전생에 얻지 못한 힘.
'이번 생에 그걸 깨주겠다.'
오직 제국인들만이 사용할 수 있었던,
그 힘을!
'나는 마법을 익힐 것이다.'
이제, 검(劍)과 마법(魔法).
두 가지의 길 모두 정점에 서겠다.
9클래스 소드 마스터: 검의 구도자

Wish Books
우진 현대 판타지 장편소설
WISHBOOKS MODERN FANTASY STORY
다시 태어난
베토벤
Bassoon.
espressivo.
leggiero.
ff arco.
Espressivo.
1827년 한 남자의 죽음으로 고전 시대가 저물었다.
그러나
그가 지핀 낭만의 불씨가 타오르니
비로소 새로운 시대가 열렸다.
긴 시간이 흘러 찬란했던 불꽃도 저물어 갈 즈음.
스스로 지핀 불씨를 지키기 위해
불멸의 천재가 다시 태어났다.
<다시 태어난 베토벤>
마치 운명이 문을 두드리듯
힘차게 손을 뻗어 외친다.
"아우아!"

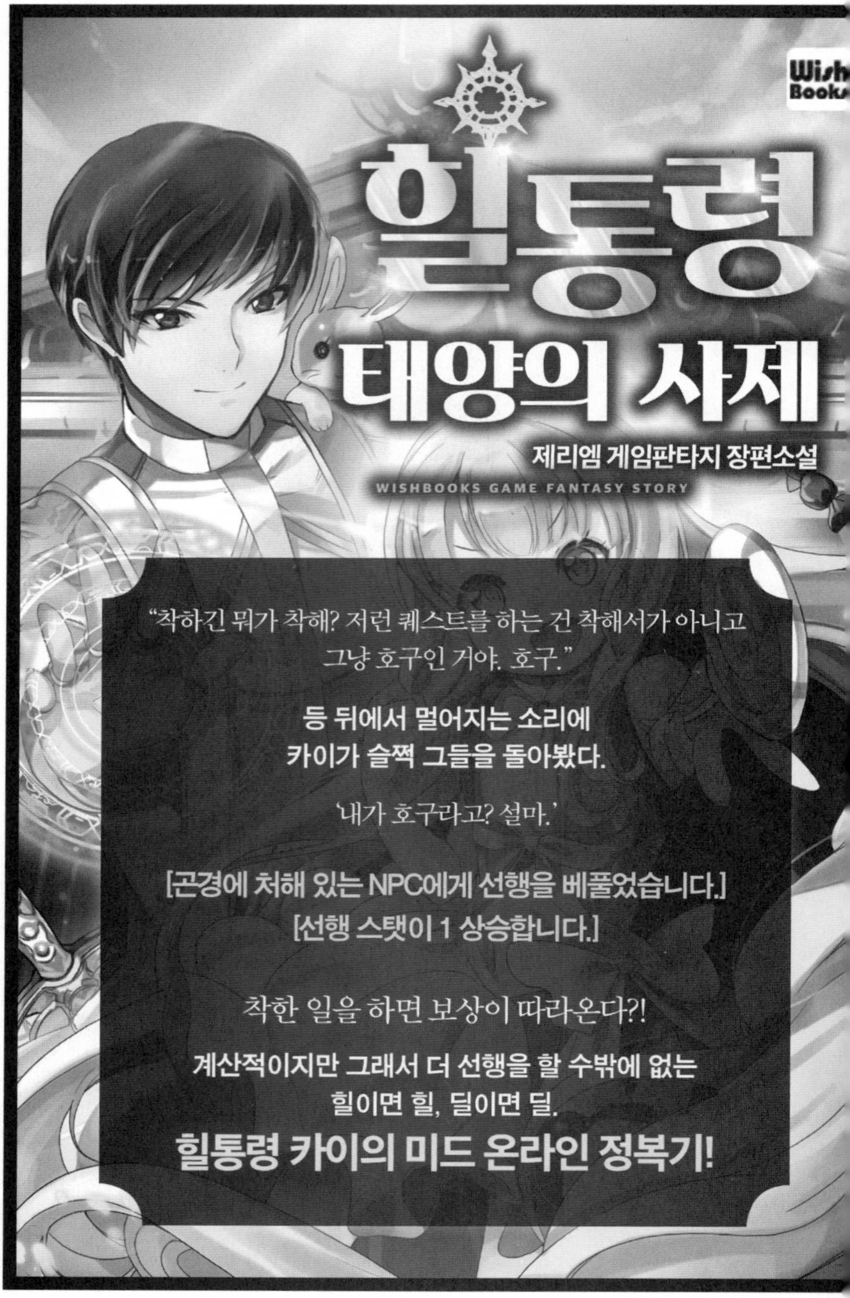
Wish Books
힐통령
태양의 사제
제리엠 게임판타지 장편소설
WISHBOOKS GAME FANTASY STORY
"착하긴 뭐가 착해? 저런 퀘스트를 하는 건 착해서가 아니고 그냥 호구인 거야. 호구."
등 뒤에서 멀어지는 소리에 카이가 슬쩍 그들을 돌아봤다.
'내가 호구라고? 설마.'
[곤경에 처해 있는 NPC에게 선행을 베풀었습니다.]
[선행 스탯이 1 상승합니다.]
착한 일을 하면 보상이 따라온다?!
계산적이지만 그래서 더 선행을 할 수밖에 없는
힐이면 힐, 딜이면 딜.
힐통령 카이의 미드 온라인 정복기!